12,00

CB142363

Retorno 201

Retorno 201

Guillermo Arriaga

Tradução

Isa Laxe

GRYPHUS

© Copyright Guillermo Arriaga Jordán, 2002

Capa
Fernanda Pinto

Editoração Eletrônica
Rejane Megale

Revisão
Leandro Salgueirinho

Adequado ao novo acordo ortográfico da língua portuguesa

A775r

Arriaga, Guillermo (1958 -)

Retorno 201 / Guillermo Arriaga ; tradução de Isa Laxe - Rio de Janeiro : Gryphus Editora, 2010.

159 p. ISBN 978-85-60610-51-8

Tradução de : *Retorno 201*

1. Literatura mexicana - Contos. I.Título.

CDD M863

GRYPHUS EDITORA
Rua Major Rubens Vaz, 456 – Gávea – 22470-070
Rio de Janeiro – RJ – Tel.: (0XX21) 2533-2508
www.gryphus.com.br – e-mail: gryphus@gryphus.com.br

Para Maru, Mariana e Santiago,
sem a menor dúvida.

Retorno 201:

Nome dado a uma rua, longa e sem curvas, localizada em um bairro ao sul da Cidade do México.

Sumário

O invicto

Para Paco Prieto
e Alicia Molina

Os três estão amontoados atrás da caixa d'água e seus olhares examinam com uma fascinação doentia os corpos nus que, sob a luz das lanternas, executam movimentos atravancados e descontínuos. Seus rostos opacos balançam na penumbra, perseguindo os feixes luminosos em busca de um contorno, uma curva: pele. A mulher os contempla com olhos vazios. A luz brilha em sua cara e ela gira para um lado e fecha as pálpebras. Por entre sua blusa desabotoada escapa um seio. As figuras nebulosas o iluminam e inspecionam. As nádegas branquíssimas do homem ondulam, vibrantes, e sua pélvis açoita o dócil ventre feminino. *Se querem ver vão ter que me pagar cinquenta pesos e eu digo a vocês quando e onde. / Pra mim isso é muita grana. / Pois é o meu preço garoto, vai pagar ou não? / Eu também acho que é muito dinheiro só pra ver, quero pelo menos tocar / A vagabunda é só pra mim, seus babacas, já disse que se pagarem é só pra olhar, e se não é do agrado de vocês, que vão até a casa do gordo Manuel se consolarem com as revistas de medicina do pai dele pra ficarem todos excitadinhos vendo tetas cheias de tumores cancerosos e não se façam de fodões, até porque vocês ainda me parecem uns virgenzinhos que nem sabem o que é afogar o ganso. Então? Vai ou não?* O homem abraça impetuoso a mulher e sua pele alva — que brilha na noite — parece afogar o frágil corpo feminino, *venham pelo terraço da casa de Pedro e me esperem onde ficam as caixas d'água da casa da senhora Soledad e não façam barulho, andem devagar, entenderam, devagar.*

Os dois terminam e o homem deixa cair seu peso sobre ela. Os rostos opacos se aproximam deles, explorando-os.

Apaguem as luzes, idiotas, já acabou... apaguem isso e sumam logo daqui... *Não seja boba, se vou lhe pagar o dobro, não vai acontecer nada contigo, prometo que só eu vou te comer, os outros só vão ficar olhando...*

O homem e a mulher ficam envolvidos em um abraço tênue. Os dois não dizem nada. Ofegantes, se levantam. Ao longe se escuta o ressoar de uma sirene.

— Já conheceram o novato?

— Eu não.

— Eu conheci. É meio esquisito, e muito louro também.

— Parece mais é grisalho.

— Mais o quê?

— Dizem que é da nossa idade.

— Quem disse?

— Foi minha mãe.

— Mas sua mãe já viu ele?

— Já.

— E o que ela falou?

— Que é um desses meninos que chamam de albinos.

Ele disse pra gente ir pelo terraço da casa do Pedro, pra andar devagar e pra não fazer barulho e que se déssemos com a língua nos dentes nos quebrava a fuça. Não vai acontecer nada contigo, e se suas filhas não perceberam nada até agora, não vai ser desta vez que vão perceber. Toma, vou lhe adiantar trinta pesos... e vê lá hein, não vai me deixar plantado ou te quebro a cara, vagabunda.

Por entre os telhados é possível ver como escapam os bisbilhoteiros, que acendem de vez em quando as lanternas para não tropeçarem. A mulher começa a abotoar a blusa. "Então, gostou?" Ela o encara com dolorosa indiferença. "Sim, que mulher não gosta de uma sacanagem?"

(Juro pra vocês que não estou de conversa fiada, pois se acabo de ver tudo, aconteceu aqui em frente, na avenida. Quê? Não perceberam? Então prestem atenção, porque uns caras de Volkswagen passaram voltando batido. O Viking e eu estávamos tomando umas cervejas no bar da dona Concha quando de repente, pá!, vejo o Viking tacar uma pedra neles. Acertou no para-lamas, deu pra ouvir bem alto. E foi aí que desceram quatro baitolas. "Agora sim o pau vai comer", pensei, e no que me viro vejo o Viking tranquilão, gritando, "Isto aqui não é uma rodovia", e um dos caras, com uma chave de roda na mão, fala pra ele: "O que é que tá pegando, otário?"; "comigo, nada", responde o Viking, enquanto outro dos que estavam no carro joga uma garrafa pra cima dele, como se não fosse nada demais. "Bom arremesso, seu babaca", disse o Viking, "mas é assim que se faz, idiota", daí ele pegou um casco de Coca-Cola, desses que dona Concha tem do lado de fora do bar, e arrebentou na cabeça do sujeito. O pobre coitado simplesmente desabou. Então o da chave de roda fica puto e parte pra cima, mas o Viking, vai saber como, pula e lhe dá uma voadora nas fuças. O cara não teve tempo nem de levantar a chave de roda. Nisso, chegam os outros dois e eu já ia partir para a pancadaria, sério mesmo que ia, quando vejo o Viking dando outra série de pontapés e sopapos e mandando mais um à lona, e daí o outro que restava se agarra ao meu camarada e eu pensei: "Agora sim que o Viking está fodido", mas não é que o Viking virou o sujeito de cabeça para baixo e jogou ele como se fosse uma saca na calçada? Só vendo mesmo o golpe incrível que ele deu. Mas ainda não acabou, porque vocês sabem que o Viking, quando fica atacado, não tem quem segure. Daí que ele vai, entra no carro dos caras, dá partida, acelera fundo e bate em cheio no muro do terreno baldio. Depois desce, me pergunta se já paguei as cervejas à dona Concha e, quando eu digo que sim, ele me fala: "Então pode depenar, senão chega aí a polícia e a gente vai em cana". E podem crer que o que acabei de contar para vocês é a mais pura verdade, ah se não é).

O Rat

Nenhum de nós tinha conhecido alguém como ele. Às vezes o enxergávamos surgir por entre as janelas e, quando o percebíamos, ele se escondia atrás das cortinas. Uma tarde, estávamos jogando futebol no Retorno e ele apareceu, quase arrastado pelo pai.

— Garotos — disse o pai dele —, quero lhes apresentar meu filho Segismundo. Ele é muito tímido e não gosta muito de sair pra rua.

O menino se escondeu atrás do paletó do pai.

— Anda, vá jogar com eles — disse o homem, mas o menino não se desgrudou dele.

— Vá — ordenou, empurrando o filho em nossa direção. — Cuidem dele, meninos.

Em seguida, foi embora a passos largos. Ficamos sem saber o que dizer. Quando Segismundo viu o pai se afastar, saiu correndo atrás dele e se pendurou em seu braço.

— Não quero, não quero — choramingou. Seu pai o tirou dos ombros e foi empurrando-o de volta pra gente.

— É pra ficar aqui, cacete... — insistiu o homem e de novo se afastou com rapidez. Segismundo se sentou na calçada e começou a soluçar.

O Viking

Então otários, gostaram do que viram mais cedo?, não é melhor ao vivo e a cores?, é ou não é? Prometo que na próxima faço a safada ficar peladinha, hoje não deu porque foi a primeira vez, mas já disse a ela para entrar na linha ou vai se dar mal / Está bem, Viking, mas vai deixar a gente tocar? / Dá pra acreditar nesses moleques? Olhem aqui, seus cabeças-duras, se querem pegar nas carnes que procurem uma puta, porque os filés daquela piranha só eu posso comer, e só por serem tão ambiciosos agora vão ter que me pagar cem pesos se quiserem ver o showzinho outra vez /

Cem pesos? Acho que você ficou louco, Viking.

E desde quando você sabe alguma coisa, Roberto? Eu sou parte de uma nova raça, entende? uma outra raça que chegou, mais potente, por isso tenho que engravidar toda mulher que me cruzar o caminho, baixinhas, gordas, velhas, casadas, viúvas, tá entendendo?

Cem pesos, nem mais, nem menos / Mas Viking, você é um sacana, na hora H não deixa ver nada, se joga em cima dela e tapa tudo /

Já vai começar, Pedrito, não estou dizendo a vocês que vão ter um show de primeira? Vai rolar até um *striptease*, prometo / No duro, Viking? / No duro, *All-right my friends.*

E isso eu estou lhe contando porque você é meu camarada Roberto e porque você não é tão mané quanto os outros, tá entendendo?

O Rat

No início nós o achamos esquisito, mas com o tempo nos acostumamos. Passamos até a tratá-lo como a qualquer um de nós. Ele era bom de bola, o que ajudou. No entanto, todos sabíamos que, quando Rafael voltasse das férias de verão, iria cair na pele dele. O Rafa era boa gente, mas quando queria era um imbecil também. Sabia brigar e era um grandessíssimo filho da puta. E quando cismava com alguma pessoa não sossegava até ferrar com ela.

O Viking

A mulher insulta o albino em um dialeto incompreensível.

Não me venha ficar irritada, sua idiota, deixe de ser burra, você nunca mais vai ver tanto dinheiro junto assim nessa sua vida miserável.

ela grita, gesticula.

são cem pesos, cem barões que você não ganha nem em uma semana de putaria... a única coisa que lhe peço é que suas filhinhas façam o mesmo que você faz comigo.

a mulher tenta arranhá-lo, mas Viking se esquiva dela e detém suas mãos *já não são meninas, são mulheres e é bem capaz de gostarem do mesmo que você* ela resiste e continua a insultá-lo em sua língua estranha *olhe aqui, sua tapada, pare com essa palhaçada, ou aceita os cem pesos e me dá suas filhas ou eu vou lá e mando descer o cacete, tá entendendo? porrada, socos, pontapés, sangue, muito sangue, tá entendendo?*

(eles pulam muros, fogem, são perseguidos. Os outros são muitos e os alcançam, lhes dão rasteiras e os derrubam no chão. O albino grita: "ninguém vai embora" e com uma corrente golpeia os que estão caídos.) uma bofetada atinge o rosto da mulher *e pare de me insultar sua índia nojenta, porque não tem para onde correr, nem para o seu povoado, pois até lá vou lhe buscar ou mando meus camaradas atrás de você, tá me entendendo, boneca?*

A mulher crava seu olhar em um canto *então já sabem, hoje irão ter o melhor show de toda a vida de vocês, vou foder a índia e suas duas filhas, as três peladinhas, no capricho, vão estar melhor que nunca.*

(Um deles se levanta e sai correndo, mas o albino o detém a correntadas e o deixa caído na rua, sangrando.) *olhem só, esta é carne da boa, iluminem aqui com a lanterna, vejam como ela é gostosa, não falei pra vocês?, vai valer a pena, e você, diga pra sua filha não chorar, que ela vai gostar muito* (Você vai matar ele, Viking, para com isso, para.) *iluminem estas carnes, não estão tinindo para um churrasco?* e os rostos opacos espiam fascinados o novelo de corpos que se entrelaçam e tremem e gemem e choram e sofrem e olham para ele, que as penetra com prazer, vencendo-as, empurrando sua carne rosada até o fundo e os seis rostos opacos iluminam, apalpam, desfrutam (Não vão voltar ao bairro esses covardes, muito menos ao Retorno, que lhes sirva de lição, que as mulheres desta rua são nossas e de mais ninguém, que fique claro para esses putos.)

O Rat

Rafael voltou das férias e, como imaginamos, começou a sacanear o Segismundo.

— E esse aí, quem é?

— É o Segismundo.

— Ahhh... Segismundo, e daí, o otário não sabe falar?

— Sei, sim — respondeu Segismundo.

— Em que língua? Porque na verdade você parece de outro planeta.

— Espanhol... não tá vendo?

— Bem, estou ouvindo uma coisa meio enrolada, não dá pra perceber o espanhol. Ei, nunca te levaram à praia não? Parece que você tá precisando de um bronzeado.

— Pois eu sou assim, algum problema?

— Ui, ui... — disse Rafael —, a coisa branca tá revoltadinha.

— Deixa ele, Rafa — intervi. — Ele é gente boa.

— Tá bem, estou só batendo um papo. Qual é, só porque chegou esse novato já vão me jogar pra escanteio?

Naquela tarde Rafael o deixou em paz, mas no dia seguinte foi com tudo pra cima dele.

— Querem saber? — disse — já sei o que essa gracinha aqui me faz lembrar, demorei pra sacar, mas agora já sei...

— O que é, Rafa? Fala pra gente...

— Ora, o otário se parece nada mais nada menos com um rato de laboratório. Tá bom, ou querem mais?

— Você não tem noção — falou o Dumbo.

— De agora em diante — continuou Rafael dirigindo-se ao albino — você vai ser o "Rato".

— Quer saber, eu não gosto que me chamem assim.

— Ah, não gosta? — perguntou Rafael com sarcasmo. — E alguém está te perguntando, por acaso? Além disso, não dê chilique, aqui todo mundo tem apelido.

— Ah é? E você, por que não tem?

— Porque quebro a cara de quem me colocar um.

O Viking

Quem pode me encarar? Ninguém, Roberto, tá entendendo? Nem um só filho da puta. E estou te falando *bróder*, faço parte de uma raça nova *e não venha querer me enganar Segismundo, nós dois sabemos que seu pai não viaja a negócios, e tem mais, ele nem sequer sai da cidade, para quê você inventa tantas mentiras... seu pai, e você sabe perfeitamente disso amigo, já está de saco cheio de você e de sua mãe e por isso vai pra outra casa, com outra mulher e outros filhos, uma casa aqui pertinho, na Prado Churubusco, e olha, Segismundo, estou cagando e andando se você come ou não a minha irmã, de verdade, mas pare de contar tantas mentiras, ok?*

O Rat

A coisa do "Rato" derivou para "Rat" e foi assim que todos acabamos chamando Segismundo. Ele sofreu com o apelido. Deu uma sumida e evitou ao máximo falar com a gente ou sair para a rua.

Uma vez Pedro gritou Rat de longe e começou a zoá-lo. Segismundo partiu para cima dele e o derrotou com facilidade. Empolgado pela vitória, o albino foi provocar Rafael.

Foi no dia seguinte. Rafa e eu estávamos tirando na sorte para ver quem daria o pontapé inicial numa pelada quando chegou Segismundo. Rafael se aproximou dele e falou em voz alta: eu quero o Rat na minha equipe, mas no gol, porque esse otário não serve pra outra coisa. Nós rimos, mas Segismundo confrontou Rafael:

— Não tô achando a menor graça — disse a ele.

— Ah, não? — respondeu Rafa — mas isso eu já sabia, porque o que tem graça aqui é você. Ou ainda não tinha percebido?

O rosto de Segismundo enrubesceu. Rafa continuou fazendo piada:

— E agora o Rat já não parece um rato, parece é um fósforo; era só o que faltava, dar uma de camaleão.

Foi a gota d'água para Segismundo, que partiu pra cima de Rafael tal como tinha feito no dia anterior com Pedro, mas sem a mesma sorte, pois Rafael precisou apenas desviar para um lado para Segismundo se estatelar no chão.

— Olé — gritou Rafael.

O albino se levantou e atacou novamente e, desta vez, Rafael não se esquivou, mas desferiu um soco com toda a força, arrebentando a sobrancelha direita do outro. Quando viu seu sangue correr, Segismundo ficou paralisado, ao que Rafa aproveitou para dar o segundo golpe. O albino caiu estendido no meio da rua. Quando tudo já parecia acabado, Rafael se pôs a chutá-lo. Segismundo encolheu o corpo e cobriu a cabeça com os braços. Nenhum de nós interveio, quer fosse por medo, surpresa, ou até por estar gostando. Rafael o chutou até cansar. Segismundo ficou ali, derrotado, com a camisa rasgada, ensanguentado. Demorou várias semanas para se recuperar, sendo que duas das feridas, a da sobrancelha e uma da testa, precisaram de pontos.

Como não era a primeira vez que Rafael batia assim em alguém, seus pais decidiram mandá-lo para um internato militar em Veracruz. Ele partiu três dias depois de completar 15 anos. Retornaria apenas cinco anos mais tarde.

O Viking

Elas foram embora, se mandaram, *se escafederam*, estão me entendendo? Não vai ter show por enquanto, tenho que arranjar mais vagabundas, a não ser que vocês queiram pagar pra me verem comendo a mãe do Dumbo, não é mesmo, orelhudo?

(É um imbecil, olha como te deixaram, quem te pegou? Me fala quem foi o filho da puta para ir eu mesmo quebrar a cara dele. Fala, caralho.)

Não, Roberto, com sua irmã é diferente, de verdade, dela eu gosto, eu me importo, as outras piranhas não me interessam, ela sim, sério. (O idiota do Rafael te deixou neste estado lastimável? Por que não meteu a mão nele? o quê? ficou com medo? ficou com medo Segismundo?). É verdade que você engravidou uma por aí? Verdade, *bróder*, não sei qual das três, mas o que importa é que levou minha raça, tá entendendo? / Uma coisa sim eu te peço, Viking, pode fazer o que quiser com minha irmã, mas não engravide ela, camarada / Sem neura, Roberto, é só pedir que eu não volto a tocar na sua irmã / Só não lhe arranje um filho, pelo menos não por enquanto / Beleza, *bróder*, sem putaria.

E aí, Rafa?, como está Veracruz?, e as gatas? Aqui tudo tranquilo, como sempre. Quase tudo na mesma. Chegou uma família do Piedras Negras. As filhas são meio caídas, mas sabe como é, os gaviões caíram logo matando e uma delas já é namorada do Pelos. Quem está irreconhecível é o Segismundo. Entrou na aula de caratê e judô e o caralho a quatro. Foi o pai quem o obrigou, para que ele não volte a apanhar. A parada é que ele cresceu um bocado. Está mais alto que o Pato e mais bombado. Está até cabeludo agora. A gente se vê, chefe, e não vá marchar muito, senão você cansa. Não se esqueça de me mandar uma gatinha de Veracruz.

(Então você brigou porque te chamam de Rat?, e é assim que você se defende? Não, filho, você não nasceu para ser idiota.) Você não se enxerga, Segismundo? Como é que vai se meter com a mulher do Domínguez? Não vê que ele pode te matar, o corno é o maior "judas", ou você não sabia? / Me matar o quê, o problema é dela, não meu, e muito menos da polícia e o escambau, e comigo esse cara não tem vez. *Rafa, vai virar oficial, ou não vai? os milicos não vão te dar uma chance? Eu aqui quase me dei bem com a Alejandra, mas ela ficou toda metida e veio me dizer que os pais não deixavam ela ter namorado. Conversa fiada, pois se a irmã dela está saindo com o Pelos e é mais nova. Acho que quem se aproveitou dela foi o Viking, parece que ela gostou mais dele do que de mim. O puto do Viking, não sei por que ele se mete onde não é chamado (e o melhor não te conto, o Viking é o Segismundo, resolveu ele mesmo se chamar assim e jurou matar qualquer um que volte a chamá-lo de Rat). A parada é que a Alejandra me deixou chupando dedo. Mas que se dane, tem mais garotas no mundo além dela, embora eu duvide que alguma seja tão boa de bunda. Se cuida, camarada, e não se queime muito com o sol!*

O Rat

— Já estão sabendo?

— O quê?

— O Rafael volta na semana que vem.

— É mesmo? Que beleza.

— Fico feliz também. Há quanto tempo que a gente não vê o Rafael? Quatro... cinco anos?

— Cinco.

— Vamos ver como é que vai ser, é bem capaz de o Rafa acabar morto pelo Viking assim que botar o pé no Retorno. Vocês sabem que o Viking tem ódio dele.

— Bem, se o Rafa der mole...

— Vai saber? Dizem que ele continua igualzinho, bom de briga.

— Duvido que tanto quanto o Viking.

— Eu também duvido.

— E você acha que o Viking já se esqueceu do que aconteceu?

— Você esqueceria?

— Nunca.

— Muito menos o Viking.

O Viking

— Então já está voltando a rainha do carnaval de Veracruz?

— Sim, Viking, na terça-feira.

— Muito bem, e o quê conta a sua majestade Rafaela?

— Nada, está quase igual antes.

— Continua o mesmo imbecil?

— Não sei.

— Ou continua bancando o engraçadinho?

— Engraçadinho sim, como sempre.

— Pois que venha, assim qualquer dia desses eu quebro a cara dele.

O Rat

Uma noite de junho, enquanto conversávamos sentados sobre o muro da casa dos Belmont, vimos Rafael caminhando em nossa direção. Chegou e nos cumprimentou como se nunca tivesse ido embora. "Qualé" nos disse, sem mais nem menos. "Qualé cara" respondeu Martín, saltando para junto dele e levantando-o do chão. "Já estávamos com saudades." Rafael soltou uma gargalhada. "Nem que fôssemos namorados." Descemos os outros do muro e lhe demos um abraço. Segismundo e Roberto não estavam lá.

— E Roberto, por onde anda? — perguntou Rafael.

— Está em casa, com o Viking.

— Quem é esse?

— Segismundo.

Rafael ficou pensativo por alguns instantes.

— O Rat?

— Ele mesmo.

— Vejam só! E quem foi que colocou esse apelido tão feio?

— Ele mesmo.

— Está certo, já tinham me falado...

— O que você acha?

— Que cara mais esquisito esse sacana desse Rat, não é não?

O Viking

— Acho que o Viking vai matar ele — disse Papita.

— Se o Rafa cismar em chamá-lo de Rat — disse Javier.

— Mesmo que não, ele vai lhe sentar o cacete — continuou Papita.

— Segura a onda, você fala assim porque o Viking é seu ídolo.

— Verdade que não seria estranho se você se casasse com ele.

— Não sejam ridículos... só to dizendo que o Viking vai cobrar tudo o que o Rafael deve a ele de uma tacada só.

O Rat

Ninguém sabia ou ninguém quis dizer a Rafael que Segismundo tinha contado os dias até a hora de se vingar, até que chegou uma noite em que estávamos bebendo umas cervejas em frente ao "La Escondida". Rafael chegou despreocupado e tranquilo. "Qualé", cumprimentou, sem perceber que o albino estava ali, fuzilando-o com os olhos. De repente o olhar de ambos se cruzou. "Beleza, Rat?", exclamou Rafael. Todos mudos, esperando a reação de Segismundo. Eu pensei que o Viking lhe tacaria furioso a garrafa de cerveja que carregava na mão. Não foi bem assim. O albino não mexeu um dedo. Rafael andou até ele e lhe deu um tapinha no ombro.

— Ei, não vai me cumprimentar? — falou ele, alegre.

Perplexo, Segismundo chegou a pronunciar um fraco: como é que é, *bróder*?

Rafael se afastou dele e lançou-lhe um olhar inquisidor.

— Vem cá, que parada é essa de agora você ser o Viking? Mas se Rat te caía tão bem.

O Viking foi até Rafael e parou na frente dele.

— O que é isso, Rat — disse Rafael —, você está ficando vermelho. Você não muda, hein? Não aguenta uma brincadeira.

Segismundo deu um passo à frente e encarou seu adversário. Cerrou os punhos. Nós outros continuamos só olhando.

— O que você veio fazer aqui?

O albino colocou a mão esquerda sobre o peito de Rafael e o empurrou para trás. Rafael tropeçou e sorriu.

— Não me venha de palhaçada.

Segismundo deu outro passo adiante. Rafael o deteve.

— Parado aí, cara.

Segismundo o encarou e depois voltou o olhar para nós. Começou a respirar aceleradamente. Papita, ansioso, tentou animá-lo, mas não se atreveu a dizer nada. De repente, o albino pareceu recuperar a coragem e cuspiu por cima do ombro de Rafael.

— Vá foder sua mãe, seu puto.

— O que você falou? Eu não ouvi muito bem.

— Pra você foder... — e não chegou a terminar a frase. Movendo-se com rapidez, Rafael lhe acertou a cara com a mão aberta.

Segismundo ficou paralisado, sem saber o que fazer. Rafael, como se estivesse lidando com uma criança, voltou a estapeá-lo.

— Isso, seu rato de laboratório idiota — disse com deboche —, é para você nunca mais esquecer qual é o seu lugar e qual é o meu.

Segismundo tentou dizer algo, mas uma nova bofetada o silenciou.

— Entendido, Rat?

Segismundo olhou para todos nós, desconcertado. Então baixou a cabeça e, solitário, foi-se embora pela rua.

A viúva Díaz

Para Rosa María Armendáriz

1

Todas as quartas e sextas-feiras do ano de 1976 o oficial Benítez, meu compadre Carlos, meu primo Pepe e eu nos reuníamos para almoçar na barraca de Don Chucho, no mercado. O encontro acontecia às duas da tarde em ponto e não havia compromisso que quebrasse esse ritual. Conversávamos longamente durante quatro ou cinco horas. Eram memoráveis as polêmicas sobre política em que se metiam meu compadre e o oficial Benítez. Igualmente memorável era a profusão de fofocas que Pepe sabia ou inventava sobre qualquer um, conseguindo tornar interessante a vida da pessoa mais medíocre.

Numa tarde ensolarada de sexta, dia de mercado, nos pusemos a discutir sobre as vantagens e desvantagens da recente desvalorização do peso. O oficial Benítez, a quem assim chamávamos porque quando jovem tinha sido guarda de trânsito, e na época acabara de se aposentar como bancário, sustentava que a medida do governo era a correta. Carlos metia o pau: o certo, a seu ver, era estabelecer a regulação do câmbio, como era feito na França. Pepe, por pura vontade de ser do contra, ridicularizava ambas as posições. Eu os escutava, achando graça e sem participar da discussão, quando de repente, no meio da multidão, avistei uma figura conhecida. Meus olhos devem ter mostrado grande surpresa, pois meus três amigos se calaram e olharam na mesma direção que eu.

— E não é que é a viúva — exclamou Pepe.

Era surpreendente ver a viúva Díaz caminhar sozinha pelos corredores do mercado. Na verdade, era apenas a segunda vez em sete anos que ela era vista fora de casa. A viúva Díaz não era efetivamente uma viúva, pois Juan, seu marido, ainda vivia. A história desse casamento remontava a 12 anos atrás. Ela era filha de Tomás Galdós, um espanhol que viera ao México fazer fortuna e não teve sorte. Magdalena Barraza, sua mãe, havia morrido de maneira estúpida poucos dias antes de chegar ao país: quebrou o pescoço ao escorregar na banheira. Tomás Galdós era um homem severo e de caráter forte. Lembrávamos-nos dele como o senhor rabugento que não devolvia as bolas que iam parar no quintal de sua casa. Estela, sua única filha, espiava timidamente pelas janelas para nos ver jogar. Era uma menina séria, introvertida, de olhos verdes muito grandes. Don Tomás não a deixava sair para a rua e eram poucas as vezes que podíamos vê-la.

Conforme crescemos fomos deixando de saber dela. Já não mais bisbilhotava pelas janelas e muito menos saía de casa. Um dia, quando Estela devia ter uns 18 anos, pois era da mesma idade que eu, ela se casou. Seu pai, homem de mentalidade arcaica, convencida de que o principal é ter uma boa estabilidade econômica, comprometeu-a com um compatriota seu: Juan Díaz, um navarro mais ou menos bem de vida e dono de uma loja de ferragens próxima dali. O "Che" Díaz, assim o apelidaram, ignoro por quê, era um homem impenetrável e solitário, cuja maior preocupação era que as contas fechassem bem. Ele vivia em um casarão comprado de um comerciante libanês afogado em dívidas. Juan Díaz se casou com Estela Galdós na manhã em que completou 62 anos.

Dizem que nesse casamento desigual Juan Díaz logo impôs a sua vontade. Afirmavam as más línguas que, por medo de ser traído pela jovem esposa, ele teria costurado cada uma das cortinas da casa para impedir que ela aparecesse às janelas. Quase nunca lhe permitia sair e, quando permitia, ia junto, sem deixá-la sozinha um só instante. O oficial Benítez, que de vez em quando jogava dominó com ele, nos contava como sofria "Che" com as piadas sobre cornos. A fama de suas desavenças cresceu rapidamente. Inclusive Pepe chegou a dizer ter escutado gritos de dor e socorro vindos do velho casarão. O casal contava com os serviços de duas criadas, que ficavam encarregadas dos afazeres gerais, das compras e dos assuntos domésticos.

Com pouco tempo de casados, "Che" Díaz resolveu fechar a loja de ferragens. Nunca se soube a razão, pois era um negócio próspero. No mesmo local abriu uma farmácia que não demorou a falir. A partir daí, pouco se soube do casal Díaz. Contudo, nunca deixaram de ser assunto em qualquer fofoca. Diziam que ele a espancava brutalmente, que ela mesma havia provocado uma infinidade de abortos para não ter filhos dele e que, por vingança, "Che" a prendia no porão. Enfim, os boatos sobre os dois não cessavam, e para isso colaborava a prolífica imaginação de Pepe.

Uma noite o doutor García recebeu um telefonema urgente da mulher de Juan Díaz. "Che" desmaiara no final do jantar e não tinham conseguido que recobrasse os sentidos. Foi levado de emergência a uma clínica particular onde recebeu um primeiro diagnóstico: embolia cerebral. Logo depois, sofreu uma parada cardíaca. Após vários dias na UTI, os médicos conseguiram estabilizá-lo. Sobreviveu a um custo muito alto: a paralisia quase total do corpo. Daí em diante, só conseguiria mover os olhos e um pouco a mão direita.

Desde essa noite, já faz sete anos, até o dia em que a avistamos novamente no mercado, não tínhamos voltado a ver Estela. Ela havia se enfurnado em casa para cuidar do marido e só muito raramente era possível vê-la colocando-o para tomar sol na varanda. Sentava-se para tecer junto dele, enquanto Juan Díaz, imóvel, fixava seu olhar no infinito.

Como nesses casos nunca falta um maldoso que se diverte com o sofrimento alheio, apelidaram Estela de "viúva". Então, por força do hábito, esse acabou se tornando o seu nome.

Até onde se sabe, durante todo esse tempo ela saiu de casa apenas uma vez. Don Tomás, seu pai, tinha voltado a sua terra natal na Espanha, onde morreu de diabetes. Nessa tarde, Estela foi à igreja rezar, voltando em seguida para a clausura de sua casa. Tampouco há notícias de que alguém os visitasse, com exceção do doutor García, que se tornou a única fonte de informações sobre o casal Díaz, já que as criadas, respeitando uma estranha fidelidade, sempre se negaram a fazer o menor comentário que fosse sobre os patrões.

De modo que a aparição da viúva Díaz no mercado surpreendeu a nós quatro. Parou um momento em uma barraca de frutas, comprou laranjas e desapareceu. Somente um mês depois voltaríamos a ter notícias suas.

2

Era sexta-feira de novo. Acabávamos de comer uma deliciosa *paella* pedida expressamente a Don Chucho para festejar o aniversário de Pepe. Comemorávamos com muito alarde, brindes e mais brindes com cerveja, quando Carlos a avistou outra vez.

— Olha ela ali, olha ela ali — disse, agitado.

— Quem? — perguntei.

— A viúva Díaz.

Vestia saia e blusa preta. No rosto, uma expressão sisuda. Seus olhos verdes pareciam não observar nada, fixos. Passou a alguns metros de nossa mesa e desapareceu. Não usava maquiagem e estava com o cabelo preso. Eu a achei atraente.

— Está bonita — comentei.

— Está falando sério?

— Sim.

Pepe riu: "Magra demais pro meu gosto".

Na quarta-feira seguinte Pepe chegou entusiasmado, contando uma fofoca sobre os Díaz.

— O que vocês acham? — perguntou com emoção. — O que vocês acham que aconteceu no mausoléu?

— O quê?

— Já faz um mês que tiveram de mandar as criadas embora porque não têm mais dinheiro.

— Estão passando aperto? — perguntei.

— Bastante — prosseguiu Pepe — pois parece que as economias foram todas nas despesas com o morto.

— Agora entendo porque é a viúva quem está fazendo as compras — deduziu o oficial Benítez.

— Adivinhou guardinha querido — disse Pepe em tom de deboche — você é mesmo um Sherlock Holmes.

3

Tornamos a ver a viúva Díaz diversas vezes. Sempre caminhava ereta, solene, invariavelmente vestida de preto e com o cabelo preso. Fazia as compras com rapidez e, assim que terminava, voltava às pressas para casa, de onde não saía mais.

Uma tarde, eu estava trabalhando no escritório e minha secretária veio anunciar a senhora Estela Díaz. Num primeiro momento, não liguei o nome à pessoa, mas logo me dei conta de quem se tratava. Pedi para a secretária deixá-la entrar.

— Boa tarde — me disse secamente ao atravessar a porta.

— Boa tarde.

— Sou a senhora Estela Díaz — falou, estendendo a mão, que eu apertei.

— Sim, já tive o prazer de conhecê-la.

— De onde? Não estou lembrada.

— A senhora é filha de Tomás Galdós. Minha família morava em frente à casa de vocês, no Retorno 201.

Ela abriu um leve sorriso.

— Acho que estou lembrando... sim... sim... o senhor é um daqueles meninos que jogavam futebol na rua.

— Isso mesmo, mas sente-se, por favor.

Olhou para mim fixamente e sentou-se. Era afável, mas apenas o suficiente para suavizar o trato, não mais que isso. Apesar da enorme distância, me senti atraído por ela.

— Em que posso ajudá-la? — perguntei.

Sua expressão, um tanto dura, mudou um pouco. Respirou fundo e me disse:

— Estou aqui devido a um assunto familiar, um pouco doloroso para mim, e me recomendaram o senhor.

— Pode contar com minha lealdade e discrição.

— É que meu marido e eu estamos passando por algumas dificuldades financeiras, e como o senhor tem fama de bom corretor de imóveis...

— Querem vender a casa de vocês? — falei, interrompendo-a bruscamente.

A interrupção pareceu incomodá-la. Baixou o olhar.

— Sim, é isso.

Conversamos sobre os trâmites necessários para a venda e chegamos a um acordo sobre quanto eu receberia de honorários. Marcamos um novo encontro e ela se despediu com um tom indiferente, que, no entanto, não evitou que eu continuasse me sentindo atraído.

No dia seguinte, durante o almoço no mercado, pensei em contar aos meus amigos sobre a minha nova cliente. Mas preferi não fazê-lo, algo dentro de mim me impediu. A tarde passou novamente entre discussões sem importância e fofocas quentes.

Estela voltou ao meu escritório depois de três dias. De novo me cumprimentou com frieza e rispidez. Partiu de imediato para os assuntos que a haviam levado até mim. Estava com as escrituras da casa, com as plantas e outros documentos. Em nenhum momento permitiu que mudássemos de tema. Espalhou os papéis sobre minha mesa e afirmou com determinação que a casa deveria ser vendida por no mínimo três milhões de pesos. Eu lhe garanti que era um preço alto demais, pois o mercado de imóveis tendia a nivelar por baixo. Propus como preço base dois milhões e meio.

— Gostaria de consultar meu marido — falou, acrescentando em seguida: — O senhor se incomodaria de ir até minha casa? É que ele não pode sair.

— Sim, eu sei — disse eu. Ela me encarou com surpresa e murmurou algo que não cheguei a escutar. Então me propôs um encontro para dali a dois dias. Aceitei.

O "mausoléu", o casarão em que ela morava, era para mim um lugar cheio de lendas. Quando criança, diziam-me que havia fantasmas lá dentro, de modo que eu tinha medo de passar em frente dele. Assim, duas coisas me motivavam a ir até a casa de Estela: conhecer a sua intimidade e atravessar finalmente o umbral fantasmagórico do mausoléu.

Como sempre me pareceu que a pontualidade exata é uma falta de educação, cheguei ao encontro com 15 minutos de atraso. Ela abriu a porta e me olhou dos pés à cabeça.

— Estávamos achando que não viria mais, senhor Ruiz — me disse em tom de repreensão.

— Me desculpe, tive um contratempo no meio do caminho.

Ela me fez entrar e, atravessando um corredor estreito, chegamos à sala. A casa era parecida com o que eu tinha imaginado. Ampla, escura, com poucos móveis, tapete puído, escada de balaustrada de mármore, sofá de veludo vermelho, enormes lustres de cristal e alguns bibelôs de porcelana. Observei as cortinas e não vi indícios de que tivessem sido costuradas. Demorei um instante para notar a figura indefesa de "Che" Díaz em sua cadeira de rodas. Estava acomodado em um canto e mais parecia uma peça do mobiliário. Causou-me certo horror.

Estela se aproximou do marido a passos largos, deu-lhe um beijo, acariciou-lhe a cabeça e se ajoelhou junto dele. Diante de mim, surgia uma mulher completamente diferente daquela com quem eu havia tratado. Era carinhosa, terna, meiga.

— Meu amor, este é o senhor de quem eu lhe falei. É ele quem está vendo as coisas da casa.

Juan Díaz moveu somente os olhos. Senti calafrios. Desconcertado, me aproximei.

— Boa tarde, senhor — disse, inseguro.

Cumprimentou-me fechando as pálpebras. Parecia uma iguana estirada debaixo do sol. A viúva o afagava com delicadeza.

— Juan, o senhor Ruiz quer falar conosco sobre o preço da casa.

O inválido moveu com dificuldade sua mão direita. Estela a tomou entre as suas.

Começamos nós três a discutir o preço — e o incluo porque ele de fato participou da conversa. Com movimentos da mão, ou com os próprios olhos, dava a entender o que queria e com o que concordava ou não.

Chegamos a um acordo. Colocaríamos como preço base dois milhões e seiscentos e cinquenta mil pesos.

Quando terminamos, Estela me levou para conhecer a casa. Era enorme. Contava com oito quartos, sendo que apenas um estava mobiliado. Isso indicava que, apesar de tudo, continuavam dormindo juntos. Para mim, parecia inexplicável. Não entendia como poderiam ter algo sequer parecido com uma relação de casal. No entanto, parecia haver um grande amor entre eles. Em cada parede, em cada canto havia fotos dos dois juntos, beijando-se, abraçando-se, amando-se.

Fui me despedir. Ele me saudou com o olhar, ela com um grande sorriso.

Na sexta-feira me encontrei com os amigos. Carlos e o oficial começaram a polemizar sobre o socialismo. Carlos defendia que só uma revolução socialista, ao estilo cubano, poderia colocar o país para frente. Benítez, ao contrário, alegava que o sistema mexicano já havia encontrado seu próprio caminho e que, além do mais, Cuba era um fracasso. Apesar de ouvi-los, eu não os escutava. Estela não me saía da cabeça, sobretudo agora que descobrira sua ternura. Sentia-me cada vez mais atraído por ela. As discussões políticas começaram a parecer insossas e banais. Tinha a sensação de que a vida possuía mistérios mais importantes para serem solucionados.

Na quarta-feira seguinte, enquanto comíamos, a viúva Díaz passou, cumprimentando-me com um leve menear da cabeça, ao qual respondi com um "boa-tarde". Ela seguiu em frente, deixando na minha mesa um trio de curiosos.

— Que história é essa? De onde você conhece a viúva?

— Não sabíamos que vocês eram de se cumprimentar.

Expliquei a eles, por alto, o meu contato com ela, minha visita a sua casa, a reunião com seu marido. Os três me olhavam perplexos, como se eu fosse um astronauta recém-chegado do espaço. Eles me encheram de perguntas e só fomos sair do restaurante às nove da noite, quando já não havia mais ninguém no mercado além de Don Chucho e nós. Terminei com dor de cabeça. Meu compadre, que me conhece de cor e salteado, falou para mim:

— Acho que você está apaixonado pela viúva.

Fiquei quieto. Ele tinha razão.

4

Coloquei um anúncio no jornal para vender a casa, mas passou um mês inteirinho sem que ninguém o respondesse. Mandei fazer cartazes de "VENDE-SE" e só consegui que uma pessoa se interessasse, sendo que ela ofereceu quatrocentos mil pesos. A viúva Díaz telefonou para mim.

— Então, senhor Ruiz, alguma novidade?

— Só uma pessoa entrou em contato.

— Quanto ela está oferecendo?

— Quatrocentos.

— Está louco.

Passou um mês, dois meses, três e nada. O solitário comprador subiu a oferta para quinhentos mil e disse que era o máximo que estava disposto a pagar.

Certa manhã, a secretária anunciou Estela. Ela entrou no escritório com olhos chorosos.

— Senhor Ruiz, precisamos do dinheiro, o que está acontecendo?

Expliquei a ela.

— Então venda a este preço — ordenou.

— Não vale a pena vender por tão pouco.

— Venda assim mesmo, não temos mais dinheiro — começou a chorar.

— Posso lhe emprestar.

— Venda, por favor — disse, saindo bruscamente.

Vendemos a casa e os Díaz se mudaram para um apartamento de apenas um quarto. A figura de Juan, em um espaço tão reduzido, adquiriu um realce verdadeiramente grotesco. Aos olhos de um estranho pareceria um objeto fora de lugar.

No dia em que fomos lavrar as escrituras no cartório, me atrevi a convidar Estela para almoçar. Queria conhecê-la melhor. Respondeu-me com um sonoro "não." Insisti e ela terminou por aceitar a tomar um café.

A frieza com que me tratou foi tão grande que o encontro acabou sendo constrangedor e tenso.

Como eu também havia ficado responsável por cuidar dos assuntos referentes ao seu novo apartamento, tornei a vê-la. Dessa vez, ela foi um pouco mais simpática. Novamente lhe propus que almoçássemos e, para minha surpresa, ela aceitou.

Fomos então a um restaurante de comida chinesa ao qual, por coincidência, Estela já fora com o marido. Isso serviu para que me contasse o quanto o amava, como ele tinha sido bom com ela, como havia sido duro enfrentarem sua doença e sobre a tristeza que a assolava por não haver tido filhos com ele. Falava com absoluta sinceridade. Seus olhos brilhavam. Pedi a ela que me chamasse pelo nome.

— É que não sei como se chama.

— Ramiro — disse eu.

— É um bonito nome — sussurrou, no único sinal de flerte que consegui dela.

Do que aconteceu depois, não consigo me lembrar bem. Recordo que entramos no carro depois de comer e que subitamente lhe declarei o meu amor e o quanto ela me enlouquecia. Tentei beijá-la. Ela virou o rosto para evitar meus lábios. Não gritou comigo, nem se mostrou irritada, porém não voltou a dizer nada pelo resto do caminho. Quando chegamos ao seu apartamento tentei lhe pedir desculpas, mas ela saiu do veículo, fechou a porta e, sem estardalhaço, entrou no edifício.

Depois do incidente, não tive mais notícias suas. Deixei de ir às reuniões das quartas e sextas-feiras: já estava cansado delas. Senti que havia perdido algo fundamental na minha vida. Encontrava-me desiludido e chateado comigo mesmo: agira como um idiota.

Numa tarde em que todos já haviam ido embora do escritório e eu ficara para terminar um trabalho pendente, alguém bateu na porta. Abri e deparei com Estela. Ela parecia nervosa. Há oito meses que eu não a via.

Entrou. Respirava com dificuldade. Olhou desamparada para mim.

— Entre... Entre... sente-se, por favor — disse eu.

Caminhou dois passos e se virou com violência.

— Você gosta de mim?

— Sim, você sabe disso.

— Quer fazer amor comigo?

Não soube o que responder, mas inconscientemente minha cabeça deve ter assentido, porque ela deu como certo o meu "sim".

Começou a desabotoar a blusa automaticamente. Eu me mantive impávido.

— Preciso de dinheiro — me disse com a voz entrecortada. Terminou de se livrar da blusa. Ficou imóvel no meio do escritório, seminua. Era bela. Sua pele arrepiou-se.

— Preciso de dinheiro — repetiu — me dê o que puder, isto é a única coisa que posso lhe oferecer. — Tirou o sutiã e o arremessou no chão. Cobriu os seios com os braços. Respirou fundo. No seu colo apareceram manchas vermelhas.

— É que...

— O que você puder.

— Não precisa fazer isso — lhe disse. Peguei sua blusa do chão e devolvi para ela. Ela me encarava, surpresa. Tremia.

— Posso lhe dar dinheiro a troco de nada — continuei.

Deixou-se cair numa poltrona, chorando. Tapou os seios com a blusa. Chorava copiosamente. Jamais a vira tão bonita. Tive vontade de abraçá-la, beijá-la, amá-la. Entre soluços, disse-me que gostava muito de Juan, que o amava de toda sua alma e ele estava morrendo. Que precisava do dinheiro, que eu, por favor, a ajudasse. Aproximei-me dela para tranquilizá-la. Estava arrasada, sofrida. Eu também chorei e acabei por abraçá-la. Ela foi se acalmando. Vestiu-se enquanto eu olhava para o outro lado.

Mais calma, explicou-me que Juan entrara em coma e que já não tinha dinheiro para pagar a conta do hospital. Os médicos lhe davam grandes esperanças de recuperação. Seu amor me pareceu mais importante que tudo e eu quis salvá-lo. Fui até o cofre, tirei vinte mil pesos lá de dentro e os entreguei a ela. Ela me agradeceu, deu meia-volta e foi embora.

5

Depois de quatro dias, Juan faleceu. Estive presente no funeral acompanhado de Carlos, Pepe e do oficial Benítez. Fomos, junto com as antigas criadas, os únicos presentes. Estela não apareceu.

Depois de um mês, morreu ela. Segundo os médicos, falecera de uma velha infecção respiratória. Eu sei que morreu de tristeza, que morreu de amor. Fui com meus amigos ao enterro. Não parei de chorar por toda aquela tarde.

Na escuridão

Para Patrícia Arriaga

Sinto falta dos rostos, não das cores, porque as cores invadiram o espaço da minha escuridão e são a única coisa que permanece inalterada das imagens do meu passado. Minha vida se tornou uma sucessão de cores e palavras, odores e sensações que carecem, para mim, de qualquer rosto.

Assim, todos que falam comigo se transformam dentro de mim em um feixe amorfo de cores. Cada pessoa, uma cor, cada grito, uma cor, cada instante, um aroma, cada noite, cada dia, uma cor. Mas já não há caras, porque não consigo me lembrar de nenhuma.

Estou faminto de rostos. As figuras amorfas me cansam, me derrotam, me fazem perder o senso do humano. Sei que há feições erodidas pela vida, rugas e sobrancelhas levantadas, caretas involuntárias e pele acabada, contudo, não consigo transformar a soma dessas partes em um rosto.

Em especial, me entristece não recordar a cara de Magda, sua expressão, seu sorriso (teria voltado a sorrir mais alguma vez?), seus lábios carnudos, seus cílios louros. Porém, mais que tudo, o que me faz falta é o seu olhar. Agora me resta apenas ouvi-la, sentir seu cheiro, senti-la. Percebo nela seu ódio, sua reprovação sem fim, sua raiva por não ter tido a coragem de me abandonar.

Não perdoa a minha cegueira, esses 25 anos de ausência de luz. Bastou um acidente para que o homem amado, querido, o pintor que admirava, se tornasse o tosco objeto de sua culpa e de seu rancor.

Quando fiquei cego, Magda fez o esforço de paciência que se espera de toda compaixão fundamentada em um mínimo de amor. Entretanto, logo deixou de me suportar. Recriminava minha falta de destreza recém-adquirida. Incomodavam-na meus tropeções, meus tombos imprevistos. Esqueceu-se de qualquer tipo de concessão: fechava as portas dos closets à chave, deixava seus sapatos atravancando o caminho, ia para o trabalho sem desligar o rádio ou a televisão.

Aguentei tudo isso: atormentava-me a ideia de perdê-la. No oceano da minha penumbra, Magda era a única certeza a que eu podia me ater. Dependia dela para tudo.

É claro que tive meus momentos de independência. Cheguei inclusive a acreditar na história de que os cegos são capazes de se virar sozinhos. Aprendi a ler e a escrever em braile, encontrei um trabalho como recepcionista, no qual atendia telefonemas (um emprego idiota que, apesar de tudo, fez com que eu me sentisse ótimo) e até tentei cozinhar pratos refinados.

Logo me dei conta de que era tudo um engano. Podia resolver os problemas que surgiam da falta de visão, não os da ausência de um olhar. Sentia-me impossibilitado de entrar em contato com os outros, de compreendê-los, de descobri-los. Como fazer isso se me faltava o mais elementar.

A cegueira me tornou um covarde e me fez mais dependente ainda de Magda. Quis recuperar um arremedo de dignidade e, depois de muito chorar, pedi a ela que me abandonasse, que fosse atrás do futuro que eu não podia lhe proporcionar.

Tudo isso não passava de um exercício masoquista: sabia que jamais poderia viver sem ela, que precisava dela (mais como cego do que como homem). Minha intenção foi cumprir com a formalidade lamurienta de quem sabe que é repudiado por ser inválido.

Ela partiu na mesma hora, como se apenas estivesse apenas esperando uma chance de cair fora. Contudo, depois de dois dias, retornou. Pai, mãe, irmão mais velho, irmã caçula, melhor amigo e melhor amiga, prima, tia e avós a condenaram no ato.

Ingrata (por parte dos pais), desleal (por parte dos avós), filha da puta (pelo irmão mais velho), insensível (do lado dos melhores amigos), canalha (por parte da prima) e má (obviamente pela irmã caçula) foram alguns dos epítetos que lhe reservou o conglomerado familiar.

Magda não suportou aquilo e voltou cheia de culpa e ódio reprimido. Buscou um arrependimento sincero e uma atitude doce. Mas podia-se perceber nela, assim mesmo, a fúria que produz a resignação forçada.

Foi nesse dia que fiz amor com ela pela última vez (mas não a última vez que fiz amor: sempre encontrei mulheres doentias que gostavam de observar os olhos de um cego no clímax do ato sexual). Tirei sua roupa devagar, com esmero. Queria mimá-la, fazê-la sentir meu desejo de agradar (e que era quase uma vontade canina de agradecê-la). Comecei a beijá-la com determinação, mas sua boca mal respondeu. Acariciei aqueles lugares que pertenciam a antigas rotas de prazer, mas não consegui excitá-la.

Quando quis penetrá-la, sua vagina transpirava repulsa. Meu pau lutou primitivamente para percorrer o caminho que achava familiar. Meus suspiros e gemidos se espalharam solitários pelas paredes do cômodo.

Quando terminamos, ela se levantou bruscamente. Pude senti-la parar junto à cama e imaginei seu rosto aborrecido (naquela época ainda podia imaginá-los). "Nunca, nunca mais na vida quero que você me toque novamente", disse para mim. "É insuportável para mim."

Na mesma noite, levamos minhas coisas para o quarto das crianças (essas crianças imaginárias que ocupam os cômodos de todo casal recém-casado) e instalamos entre nós uma fronteira intransponível.

Jamais voltei a colocar um pé no que havia sido nosso quarto. Eu quis que ela acabasse sozinha no lugar que tínhamos escolhido para o possível e que minha cegueira transformou em impossível.

Pouco a pouco, seu ódio cresceu (eu não podia odiá-la: como odiar a minha única ligação com o mundo? Como odiar quando se precisa de um olhar?). Seus movimentos rígidos, inflexíveis, mecânicos deixavam isso claro a cada segundo. Podia ouvi-la chorar noite adentro, adormecer, roncar, falar entre sonhos, acordar, abrir o chuveiro. Ouvia quando ela fazia a cama, tomava café, lavava sua louça (cada um tinha que preparar seu próprio café da manhã e lavar os próprios pratos, era o que restava de um acordo estabelecido quando éramos namorados), colocava um casaco (temia sempre pegar um resfriado) e saía para o trabalho. E tudo aquilo que escutava dela tinha um denominador comum: era feito com ódio.

Logo sua existência tornou-se uma dúvida. Magda parecia um sonho que se manifestava apenas em alguns momentos do dia. Um sonho mudo e irritante. Era o rastro de seu cheiro o que me confirmava a sua condição de realidade.

Minha vida era centrada em Magda. Os dois únicos amigos que eu tinha desde muito tempo moravam longe de mim (a umas boas quadras da minha casa). Meus pais morreram no mesmo acidente em que perdi a visão, e minha irmã sempre que aparece só faz se lamentar, de modo que prefiro evitá-la.

Durante algum tempo, Magda se portou com mais suavidade. Percebi seu caminhar mais alegre, mesmo quando continuava sendo rígido e marcial.

Tentei sem sucesso entender aquela mudança repentina em sua pessoa, até o dia em que notei em seu corpo um cheiro rançoso: o aroma amargo do sêmen masculino.

Fiquei agitado e pude imaginar a fúria impressa no meu rosto (essa foi a última vez em que consegui lembrar-me de um rosto: o meu próprio). Ela estava na cozinha, preparando uns ovos estrelados, quando entrei para reclamar de sua infidelidade. Chamei-a de puta, miserável. Não me deu bola e continuou cozinhando.

Sua atitude me ofendeu mais ainda. Fui pra cima dela e puxei com força seus cabelos, sacudindo-a de um lado para o outro. Ela pegou a frigideira em que preparava os ovos e, literalmente, os estrelou na minha cara (acompanhados, claro, da própria frigideira que, por sorte, ainda não tinha esquentado).

Arrebentou meu nariz e senti a viscosidade do sangue descer pelos lábios. Eu a soltei. Ela gritou para mim: “seu idiota, você é um verdadeiro animal”, ao mesmo tempo em que me batia de novo com a frigideira (na minha cara, a mesma de que eu havia me lembrado pela última vez). Então, saiu da cozinha batendo a porta. Tentei segui-la, mas tropecei numa cadeira da sala de jantar que ela movera de propósito. Caí e fiquei imóvel, jogado de bruços no chão. Percebi que o sangue encharcava o tapete e imaginei a cor vermelha, consistente, brilhante, fluida.

Minha cabeça se encheu de imagens vermelhas, de rios vermelhos, de círculos vermelhos, de uma vermelhidão só. Nunca havia me ressentido com tanta intensidade da minha invalidez antes. Estava com a cara esmagada contra o chão, sangrando, vencido e consumido pelo ciúme.

Amanheci na mesma posição ridícula. O som do chuveiro me despertou, da água caindo sobre o corpo conspurcado pelo sêmen alheio. O sangue endurecido ao redor do meu nariz, o tapete pegajoso, a boca inchada com os lábios lambuzados de ovos eram a prova indiscutível da minha derrota.

Magda saiu do banho, vestiu-se e foi andando em direção à porta. Parou do meu lado, não disse nada e foi embora.

Naquela noite, voltou tarde. Eu dormia. Bateu suavemente na porta e entrou sem me dar a oportunidade de atendê-la. Sentou-se na beirada da cama e pegou minha mão: “Não vale a pena reclamar”, disse gentilmente, “é melhor compreender”. Seu corpo não trazia o aroma do inimigo. Beijou-me na testa e saiu. Chorei: já não me importava entender sua infelicidade, mas apenas achar explicação para o seu ódio.

A partir daquele dia, o sêmen alheio se tornou parte do seu cheiro, como se fosse uma fragrância que partisse naturalmente dela. No entanto, jamais dormiu uma só vez fora de casa, nem mencionou a possibilidade de me deixar... e virou um hábito me dar um beijo na testa ao chegar à noite.

Houve uma ocasião em que desejei fazê-la sentir o cheiro de outra mulher em meu corpo (em geral, quando me deitava com alguma, fazia de tudo para me livrar de seu aroma).

Foi no dia em que fui parar na cama com a secretária do chefe de Magda. Era uma mulher imensa, cujas coxas gelatinosas transbordavam com facilidade das minhas mãos. Começou a me beijar com uma inépcia frenética, machucando-me os lábios. Depois se dedicou a me chupar o peito, a barriga, os dedos dos pés, provocando em mim sensações que oscilavam entre o desejo e a náusea.

A figura dela se desenhou em minha mente como uma mancha esbranquiçada de tons amarelados (um tom repugnante, semelhante à cor de pus). A gorda suava aos borbotões e tinha cheiro de... bebê.

Fiquei preocupado, eu queria cheirar à mulher. Besuntei-me do suor de suas axilas, da secreção do seu sexo. Nada. Ela todinha cheirava a bebê.

Seu cheiro infantil acabou cortando meu tesão, de modo que fui embora, deixando naquele apartamento uma gorda suplicante (não suplicava prazer, mas que eu fosse discreto; não se dava conta de que sua própria obesidade infinita era garantia de discrição).

Quando cheguei em casa, Magda já estava lá, impregnada de seu inseparável aroma masculino (por que tinha que fazer aquilo todos os dias? Por que não podia deixar de foder, aquela puta desgraçada?). Eu me senti ridículo empestado de bebê diante do poderoso cheiro de esperma que emanava dela e, humilhado, fui para o meu quarto.

Passei a metade da vida cego, e logo completarei 51 anos — no dia 4 de agosto, para ser exato. Sei que nesse dia Magda entrará de manhã cedo no meu quarto e me dará secamente os parabéns, antes de sair para buscar nosso sustento mútuo e as ejaculações inimigas. Passado tanto tempo, me acostumei ao seu ódio, um ódio que de tão cotidiano se tornou ineficaz, monótono, rotineiro.

Há uma semana os médicos descobriram que Magda tem câncer de mama e já faz um mês que sabem que seu útero está tomado por uma massa de tumores.

Embora seu corpo esteja apodrecendo, não deixou de buscar diariamente o sêmen do outro, ou dos outros. Sabe que não viverá mais que seis meses e já pude escutá-la chorar por isso. Lamenta-se por um futuro que nunca chegou, por não ter vivido com o homem amado (eu), mas com o homem detestado (eu).

Não procura diminuir seu rancor ou sua culpa, e continuará igual até a hora da sua morte. Não quero dela um pedido de perdão, tampouco que me perdoe.

Uma vez que Magda logo desaparecerá, desejo como nunca recuperar seu rosto, mesmo que por um instante, mesmo que o encontre repleto de ódio. Quero um último laço com ela, é a única coisa que peço.

Nova Orleans

Para Álvaro Mutis

Na sala da casa do doutor Del Río os homens discutem. A fumaça do cigarro ondula entre seus rostos. Todos se encontram sentados, à exceção de um, que fala com uma voz exaltada:

— Insisto, esse cara está louco, não podemos deixar que more aqui — diz o doutor, gesticulando.

Porfirio Jiménez meneia a cabeça lentamente. O doutor percebe e o recrimina:

— Não o quê, Porfirio?

Porfirio ergue os olhos e fixa-os no rosto avermelhado e infantil do doutor que, ansioso, espera por uma resposta.

— Não exagere, é só um bêbado.

— Não, não e não — interrompe o doutor, levantando a voz — sem essa de não exagere, esse corno é um perigo...

— É uma ameaça — interrompe Luis.

— Para quem? Uma ameaça para quem?

— Porra, Porfirio — xinga o doutor — não está vendo que é um bandido?

— Não invente, doutor...

O doutor está a ponto de insultar Porfirio, mas se contém. Seus olhares se entrecruzam por alguns momentos e ambos os desviam ao mesmo tempo para outro ponto. Os quatro homens se calam. O doutor e Porfirio se voltam para Artemio, em busca de apoio.

— E você, o que acha? — pergunta Porfirio.

Artemio endireita-se na poltrona. Seu olhar vagueia de um lado pro outro. Depois de uns segundos, responde:

— Na verdade, Porfirio, eu acho que o novo vizinho é, sim, perigoso e acredito que devemos obrigá-lo a se mandar daqui.

O doutor suspira, satisfeito.

— E como pretendem fazer isso? — indaga Porfirio.

— Do jeito que der — murmurou o doutor.

◉⊙◎

Media mais de dois metros. Era velho, tinha o rosto pipocado pela varíola e os antebraços tatuados com águias. Chegara ao Retorno fazia três meses. Ninguém sabia quem era nem o quê fazia. À noite, gritava alcoolizado e quebrava as janelas. Saía pouco à rua e, quando o fazia, assustava as crianças, que corriam para se esconder dele. Andava a passos lentos e firmes. Não cumprimentava ninguém. Falava sozinho.

◉⊙◎

Por que não consegui encontrar você? Durante as noites a sua ausência me pesa mais ainda. Não aguento. Não.

⦿⊙⊚

Eu não sabia, doutor, que se tratava desse homem. Quem veio alugar minha casa foi uma senhorita muito simpática, muito bem vestida. Se soubesse o que ia acontecer eu nem alugaria. O senhor sabe, doutor, eu não procuro encrenca. E tem mais: eu não quero esse sujeito na minha casa. Mas e agora, como é que eu me livro dele? Não está fácil, doutor, o contrato é de dois anos. Não posso expulsar ele e pronto. E sei que esse senhor quebra os vidros da casa e faz um escarcéu danado, mas paga o aluguel certinho e em dia, e manda consertar os vidros sem demora. Eu, para ser sincero, não quero me meter em problemas, e como já não vivo mais no Retorno...

⦿⊙⊚

Fizesse calor ou frio, sempre saía vestido com um casaco de lã azul surrado. Tinha os cabelos compridos até os ombros, desalinhados. A barba por fazer. Não recebia visitas e ninguém parecia querer visitá-lo.

⦿⊙⊚

— Bem, meu primo Rafael, que trabalha na delegacia, pode nos ajudar — disse Luis.

— Temos que achar uma forma de ele se mandar daqui — falou o doutor Del Río.

— Legalmente não podemos fazer nada contra ele, porque ele não fez nada contra a gente — disse Porfirio.

— Ele acorda todos nós à noite — afirmou Artemio.

— Podemos ir à polícia e dizer que o louco roubou uma casa, molestou uma menina, sei lá.

— Não é melhor falarmos com ele?

O doutor encarou Porfirio e falou com ironia:

— Ah é? E quem vai fazer isso?

— Eu — respondeu Porfirio.

⦿⊙◎

Só pode ter sido um sonho. Ela deve ter sido um sonho, mas então por que eu sofro por um sonho?

⦿⊙◎

Uma tarde os garotos o encontraram jogado perto dos campos de futebol. Ele roncava e seu casaco se movia no ritmo da respiração. Era enorme. Fedia a álcool e vômito.

Os meninos, assustados a princípio, não queriam chegar perto dele. Ficavam rodeando-o de longe e se aproximavam com medo, fugindo apavorados quando o homem emitia algum som.

Permaneceram assim algum tempo até que Pedro, filho de Artemio, teve a ideia de jogar pedras na cara do homem para ver se ele acordava. Não funcionou: estava completamente embriagado.

Outro garoto chegou perto o suficiente para cutucar-lhe a boca com uma vara. O homem continuou na mesma. Os meninos se deram conta de que ele não acordaria e o cobriram de terra, folhas e lixo. Javier foi buscar um balde d'água em casa. Esvaziou-o em cima do homem e todos fugiram e se esconderam.

O homem não acordou. Tinha as mãos manchadas de sangue ressecado e o casaco rasgado. Ficou assim, jogado, até o amanhecer.

⦿⊙◎

Por que em um segundo se perde tudo? O que é o que consome a vida em um instante?

⦿⊙◎

Era uma tarde de sábado fria e nublada. As crianças brincavam na rua. Porfirio Jiménez foi até a casa do homem. Apagou seu cigarro, soltou a fumaça e tocou a campainha. Ninguém atendeu. Esperou uns minutos e voltou a tocar. Não obteve resposta. Tinha decidido ir embora quando o homem apareceu em uma janela.

— Quem é? — perguntou sem gritar.

Jiménez caminhou até o meio da rua para vê-lo.

— Porfirio Jiménez, seu vizinho.

O homem o observou com certa estranheza. "Estou indo", disse, fechando a janela. Pouco depois, abriu a porta.

— Boa tarde — disse-lhe Porfirio.

— Boa tarde.

— Olhe, estou aqui porque queria ter uma conversa com o senhor.

O homem olhou para ele com indiferença e com um gesto delicado o convidou a entrar. Exalava um cheiro azedo.

Entraram na casa. A sala tinha poucos móveis, baratos e velhos. Alguns quadros, reproduções de pinturas com temas marinhos, adornavam as paredes. Ao fundo, pendia um agulhão-bandeira empalhado, coberto de poeira. Sobre a mesa da sala de jantar, várias garrafas de uísque fino, quase todas vazias.

— Sente-se, por favor — disse o homem, muito cortês.

Jiménez acomodou-se em uma poltrona puída.

— Café?

— Não, obrigado.

— Já volto — disse o homem antes de subir as escadas com agilidade.

Demorou para descer. Jiménez se sentiu ridículo por estar ali. Teve vontade de ir embora, mas decidiu esperar. Escutou a voz nasalada de um conhecido locutor de televisão vinda de algum cômodo na parte superior da casa. Pingos grossos começaram a se espatifar nas janelas e logo em seguida caiu um aguaceiro.

— Me desculpe pela demora — disse o homem, enquanto descia as escadas.

Porfirio virou-se para olhá-lo. Não tinha se dado conta de que era tão alto. Levantou-se e lhe estendeu a mão. Não chegava nem ao seu ombro.

— Perdão, não tinha me apresentado, me chamo Porfirio e moro aqui mesmo no Retorno, no número 16, onde estou às ordens.

Porfirio voltou a se sentar na poltrona puída. O homem sentou-se diante dele.

— Em que posso ajudá-lo? — perguntou o homem com simpatia.

Porfirio não soube o que responder. O homem se levantou e se dirigiu à mesa da sala de jantar. Abriu delicadamente uma garrafa e se serviu de um copo com uísque, que bebeu de um só gole.

— Quer um pouco? — ofereceu o homem.

— Não, obrigado.

O homem se serviu de outro copo e foi sentar. Porfirio tomou fôlego e começou a falar, titubeante.

⊙⊙⊙

A água sempre traz consigo um sinal. Quando navegava de noite e o mar estava escuro e só se escutava o barulho da água se chocando contra a proa, eu sabia que ali tinha um sinal, um sinal que nunca consegui ou quis entender.

⊙⊙⊙

O doutor Del Río dá uma bronca em Porfirio.

— Não acredito que não disse nada.

Porfirio se incomoda, justifica-se.

— Fui para...

O doutor o interrompe.

— ...para fazer papel de babaca.

Porfirio, aborrecido, o encara com firmeza.

— Não gosto que falem assim comigo.

— Desculpe, Porfirio.

Os quatro homens se calam e olham para o chão. Luis rompe o silêncio.

— Como é o cara?

— Simpático... me pareceu um bom homem.

— Então por que tanta confusão? — pergunta Artemio.

Porfirio encolhe os ombros.

— Outra noite Carmen e eu não conseguimos dormir por causa da gritaria dele — disse Luis. — Ficava berrando sandices.

— Eu insisto que ele é um perigo — fala o doutor.

Porfirio meneia a cabeça.

⦿⊙◎

O homem se sentou na calçada. Não tinha ninguém na rua e acabara de chover. Entardecia. Tirou um pedaço de papel de seu casaco azul e, com cuidado, o dobrou para fazer um barco. Colocou-o sobre a água que corria pela sarjeta e o seguiu com o olhar até ele desaparecer esgoto abaixo. Voltou a chover e ele, ensopado, ficou ali contemplando a água encharcar o asfalto.

⦿⊙◎

Neste mundo não há Deus. Aqui as coisas, os homens, os animais andam sozinhos. A este caos é o que chamamos de vida... uma perda de tempo.

⦿⊙◎

Bateram na porta três vezes e na quarta escutaram a voz rouca do homem:

— Quem é?

Porfirio apareceu e o homem o reconheceu, mas não o outro que vinha com ele.

— Ah, sim, já vou.

O homem abriu a porta. Porfirio o cumprimentou e lhe apresentou ao doutor Del Río, mas não teve como dizer o nome do gigante porque não o sabia. O homem apertou a mão pequena e gorducha do doutor.

— Muito prazer — disse. O médico não respondeu — Entrem, por favor. O que querem beber?

— Nada, obrigado. Acabamos de comer — respondeu Porfirio.

O homem sorriu. Convidou-os a se sentarem, mas ficou em pé. A tarde estava ensolarada e fresca.

— Gosto de receber meus vizinhos — disse. Andou até a janela e olhou o céu. — Não vai chover tão cedo. Quem dera todos os dias fossem assim — murmurou.

O homem se voltou para eles e sorriu novamente.

— Está calor — completou, tirando o casaco azul. Dobrou a roupa e colocou-a sobre o recosto de uma cadeira da sala de jantar. Usava uma camiseta branca manchada de suor. O doutor observou as águias tatuadas nos seus braços.

— O dia está lindo, não está? — disse o homem. Porfirio estava prestes a lhe responder uma besteira qualquer quando o doutor o interrompeu.

— O que você faz? — perguntou ele com um tom desafiador.

O homem virou o rosto em sua direção e fitou-lhe com frieza. Deu dois passos para encará-lo.

— Conhece Singapura? — perguntou. O doutor, sem graça, não conseguiu responder.

— Paris? Barcelona? Buenos Aires?

O doutor fez que não com a cabeça.

— Pois eu sim, amigo — disse o homem. Sua cabeça roçava a lâmpada do teto.

Porfirio, confuso, não achava as palavras adequadas para aliviar a tensão e só conseguia levantar as mãos com nervosismo. O homem lançou um olhar de desprezo para o doutor. Deu meia-volta e foi com lentidão até a mesa da sala de jantar. Serviu três copos de uísque e os ofereceu.

— Não bebo — disse o doutor.

O homem o observou com indiferença. Esvaziou um dos copos e falou em um tom simpático.

— Melhor.

⦿⊙◎

Eu queria voltar a falar com os mortos. Com Key, Chico e Martín. Mas sobretudo contigo, Katty, Katty meu amor.

⦿⊙◎

— ...Falou que tinha sido capitão de um navio mercante e que tinha viajado o mundo todo. A casa da senhorita Elisa foi alugada por sua sobrinha, que ele disse estar casada com um funcionário da Fazenda. Passa os dias tomando uísque e vive como um porco — relatou o doutor.

— Mas você falou para ele para não gritar tanto? — perguntou Artemio.

— Não, não consegui, mas da próxima eu o coloco no seu lugar.

⦿⊙◎

O barco entrou no porto ao raiar do dia. Desde cedo os estivadores trabalhavam duro nas docas. Mulheres que tinham virado a noite, com o rímel escorrido, fedendo à cachaça, esperavam adormecidas que os marinheiros descessem pela escadinha.

O homem respirou fundo e recebeu de bom grado o odor úmido e doce que vinha do rio. Ele gostava de Nova Orleans. Agradavam-lhe os lugares onde os rios se encontravam com o mar — traziam-lhe à memória Tampico, onde nascera e tinha se tornado um homem do mar.

Saiu da cabine e o imediato lhe comunicou as atividades realizadas. O capitão o escutou e no final lhe deu várias ordens em voz baixa e suave. O imediato se retirou para cumpri-las.

O homem se apoiou em uma das balaustradas para supervisionar o desembarque da mercadoria. Do quebra-mar, um amigo o saudou e o homem lhe respondeu em francês. O amigo soltou uma gargalhada e, acenando com a mão, se despediu.

Quando as mercadorias acabaram de ser descarregadas, o homem desceu da embarcação, parou no meio do cais, chamou três marinheiros e foi comer com eles.

⊙⊙⊙

— Cacete, Luis, cale a boca desse homem — gritou Carmem.

— Ele é louco... será que você não entende?

Carmem levou as mãos à cabeça.

— Estou cheia, cheia, você tem que fazer alguma coisa — berrou.

— Mas o quê?

— Alguma coisa... qualquer coisa, já não aguento mais.

Ela se sentou na beirada da cama e começou a chorar. Luis foi abraçá-la, mas ela o empurrou.

— Por acaso não é homem o suficiente?

Luis olhou pela janela até a casa do homem. Seus gritos retumbavam no quarto.

— Não posso... — sussurrou.

Carmem o fitou com raiva.

— Seu frouxo imprestável.

◉⊙◎

O dia amanheceu com nevoeiro. O barco estava esquentando os motores e o capitão fazia os preparativos para ir até Saint Louis, no Missouri. Ele gostava de navegar pelo Mississipi, de conduzir o barco pelas curvas do rio e observar, durante as tardes, as planícies lisas e achatadas. Alguém bateu na porta de sua cabine.

— Bom dia, capitão — disse um grumete.

— Bom dia. O que foi?

— Estão procurando o senhor.

— Quem?

— Uma mulher.

— Como se chama?

— Não sei.

— E o que ela quer?

— Diz que quer falar com o senhor. Está com uma menina.

— Mande vir.

O capitão se apoiou sobre a balaustrada e viu o grumete retornar pelo corredor acompanhado de uma negra robusta, que trazia pela mão uma menina branca de uns quatro anos de idade.

— *Good morning* — disse ela.

— *Good morning*.

A mulher perguntou se o capitão se lembrava dela.

— Não — disse ele.

— *I am Jane, Lucy's friend.*

O capitão examinou novamente o rosto escuro da mulher e teve uma vaga lembrança sua. Recordou-se de vê-la entrando no pequeno apartamento que costumava dividir com Lucy e de ter conversado com ela algumas vezes.

— *I remember now* — disse, convidando-a a entrar na cabine com um gesto, mas a mulher declinou.

— *And Lucy?* — perguntou ele.

Ela lhe contou que Lucy havia ido embora. Ele perguntou para onde. A negra ergueu as sobrancelhas. Puxou a criança e a colocou diante de si.

— *This is Katty... Lucy's daughter... your daughter.*

O homem voltou os olhos para a criança e seu olhar se cruzou com o dela. Agachou-se e acariciou-lhe a cabeça. Ali ele soube, sem dúvida, que a menina era sua filha.

A mulher lhe disse que já não podia ser responsável pela menina, que estava cansada de cuidar dela. O capitão a interrompeu, tirou três notas de cem dólares de um dos bolsos do casaco azul e os entregou à mulher. Ela pegou o dinheiro e o guardou dentro do sutiã.

— *Have luck* — falou, dando meia-volta e indo embora.

A menina quis correr atrás da negra, mas o capitão a deteve. Ela a encarou, assustada. Com delicadeza, o homem a levantou nos seus braços. A menina esperneou desesperada. O capitão lhe dirigiu algumas palavras em inglês, beijou-lhe as bochechas e a meteu na cabine. A menina caiu em prantos ao ver a porta se fechar.

⊙⊙⊙

Sinto que algum dia vai entrar em casa e vai me dizer que foi tudo um pesadelo, que está aqui e que nunca mais irá embora novamente.

⊙⊙⊙

— Eu falei, Porfirio, eu falei, o cara é um assassino — gritou furioso o doutor, que acabava de entrar na casa de Jiménez. Porfirio, ainda sonolento, perguntou:

— Assassino, por quê?

— Não sabe? — exclamou o doutor.

Porfirio encolheu os ombros.

— Não?

— Não.

— Pois o filho da puta quase mata o Luis.

Porfirio se escorou na parede. O doutor começou a gesticular.

— Eu falei, eu falei.

— Como foi?

O doutor parou com a gesticulação incessante.

— Ontem à noite, Luis foi pedir que ele ficasse quieto — disse, interrompendo sua ladainha para perguntar, incrédulo —: não ouviu os gritos de ontem?

— Não.

— Devia ter visto... O degenerado armou um escândalo do caralho que dava pra ouvir até da minha casa... Aí Luis, que não conseguia dormir, foi pedir a ele para calar a boca. Estava bêbado igual a um gambá o canalha e, quando Luis bateu na porta, o energúmeno saiu com uma cadeira e a estraçalhou na cabeça dele... estou falando que quase o mata. Carmem me trouxe ele no meio da madrugada. Luis jorrava sangue por todos os lados e tive que lhe dar doze pontos...

⊙⊙⊙

Em Saint Louis, o homem levou sua filha ao parque de diversões, ao zoológico, para passear pelo rio e para subir no arco, o grande monumento da cidade. Comprou-lhe brinquedos, roupas, doces. Falava com ela em inglês, espanhol e francês. A menina, desorientada, só fazia olhar tudo.

Ao voltar de Saint Louis, o homem mandou um telex para Veracruz, no qual apresentava sua demissão à transportadora. Solicitou à empresa que depositasse o que lhe devia em um banco em Nova Orleans. Era o suficiente para viver tranquilo com sua filha durante anos. Comprou uma velha caminhonete e procurou um lugar pra viver. Encontrou uma cabana de madeira junto ao Mississipi, não muito longe do povoado de Vacherie, e ali se instalaram.

O tempo passou e a menina se acostumou a morar com o pai. Viviam em paz. Tinha se esquecido do inferno que havia sido a vida com a mãe. Ele, por sua filha, parara de beber.

Todas as manhãs, muito cedo, o homem saía para recolher as redes que estendia ao longo da margem do rio. Ao voltar, ela já havia preparado a mesa com o café da manhã. Depois do almoço, iam até Vacherie para vender o produto da pesca: alguns caranguejos e carapebas. Negociavam com o comprador no mercado de mariscos e, enquanto seu pai fazia a transação, Katty vigiava para que os caranguejos fossem pesados adequadamente.

Terminada a venda, iam visitar algum amigo ou brincar num pequeno parque no centro do povoado. À tardinha, voltavam para a cabana. No caminho, paravam para comprar leite e queijo com um velho negro e enrugado. À noite, ele lhe contava histórias sobre lugares que conhecera e ela lhe perguntava sobre tudo.

◉⊙◎

Luis se sentia mal, não pelos ferimentos na cabeça, mas por algo mais profundo. Ele sabia que o homem não tinha feito aquilo de propósito. Estava embriagado e não queria brigar, nem discutir.

Mesmo depois de ele ter ficado quieto e pedido desculpas, Carmem quis que Luis batesse nele, que o expulsasse dali de uma vez e Luis, não, vamos embora, e ela começou a gritar com o homem, a insultá-lo e o homem começou a chorar e ela lhe disse que ele era um covarde e um imbecil e disse para Luis que ele também era um covarde e um imbecil e Luis não soube mais o que fazer e Carmem se pôs a chutar o homem e o homem tentou tirá-la de cima e ela não parava e Luis não sabia o que fazer e ela os insultou e o homem empurrou Carmem e ela gritou para Luis deixar de ser frouxo, que ele devia era defendê-la e Luis não sabia o que fazer e Carmem arremessou uma garrafa no homem e o homem se esquivou e, furioso, pegou uma cadeira e, cambaleante, andou até Carmem e Carmem se assustou e berrou e Luis foi defendê-la e o homem lhe arrebentou a cadeira na cabeça e Luis caiu duro, banhado de sangue e o homem teve medo e fugiu pelas escadas e se trancou no seu quarto e gritou e gritou...

⊙⊙⊙

Quando Katty completou 7 anos, seu pai a matriculou na escola primária de Vacherie. Ela chorou muito no primeiro dia de aula, mas logo se adaptou à rotina escolar. Fez amigas e se divertia com elas nos recreios.

O homem sentia muito a sua falta pelas manhãs e, algumas vezes, depois de vender os caranguejos no mercado, aparecia nas janelas da escola para vê-la. As crianças logo descobriam a enorme figura e chamavam Katty para que falasse com seu pai, enquanto a professora fazia gestos enérgicos para afastá-lo das vidraças.

O homem saía depois de mandar um beijo para sua filha e ia jogar cartas com um grupo de músicos negros que se reuniam sob as árvores da praça principal do povoado. Ali passava o tempo esperando sua filha.

⦿⊙⊚

Não consigo dormir, tenho medo. Tenho medo da noite, porque à noite tudo pode me tomar.

⦿⊙⊚

Começou a chover em Vacherie. Os temporais se prolongaram durante semanas e os noticiários previram chuvas ainda mais fortes. O caminho que levava da cabana até Vacherie estava inundado, o que tornava impossível atravessá-lo. Tampouco era possível estender as redes, porque a forte correnteza do rio as embolava. O homem e sua filha quase não saíam da cabana. Ficavam sentados junto à janela, vendo a chuva e observando como o rio arrancava os arbustos da margem e como os animais boiavam, afogados nas águas turvas.

⦿⊙⊚

A água, meu amor, está ali, não tenha medo, não tenha medo, não tinha o que temer, a água, meu amor, não tenha medo.

⦿⊙⊚

À meia-noite Katty se levantou de sua cama e foi se deitar na do pai. Disse-lhe que estava com medo, que trovejava muito no céu e chovia demais. Ele disse que ficaria tudo bem, que havia passado pela mesma coisa em alto-mar e descoberto que não tinha perigo.

O vento chiava e escutava-se o barulho da água batendo nas paredes da cabana. Um trovão ribombou perto dali e a menina soltou um grito assustado. O homem a abraçou, deitando-a junto dele para tranquilizá-la. Ficaram ali, dormindo.

De repente, o homem sentiu que tinha água por todos os lados. Pegou a filha e, enquanto corria até a porta, a correnteza arrancou toda a cabana do chão e a destruiu. A menina berrou desesperada e seu pai a apertou nos braços com todas as suas forças. Estava escuro e frio e a correnteza os arrastava com rapidez. A cabana estava reduzida a tábuas. O homem se agarrou a uma delas com uma das mãos enquanto carregava a filha com a outra. A menina chorava enquanto a correnteza os puxava vários metros em direção ao fundo. O homem sentiu que estava se afogando e soltou sua filha. Em pânico, começou a mexer os braços tentando encontrá-la. Tudo era preto, escuro. Um redemoinho começou a girá-lo sem parar. Já não sabia onde estava o fundo e onde era a superfície. Teve certeza de que iria morrer. Fez um último esforço e se agarrou a uma coisa mole e grande. Por um momento, pensou ter recuperado sua filha, mas logo viu que não. Quando enfim veio à tona, respirou fundo para recuperar o fôlego, tentou olhar em volta, mas o rio voltou a submergi-lo. Segurou-se com força na coisa mole e assim pôde flutuar novamente. A correnteza o arrastou por quilômetros de escuridão.

⦿⊙⊚

Por quê? Por que tive que soltar você? Katty, meu amor, por quê?

⦿⊙⊚

— Espero, Porfirio, que com isso você se convença que esse cara é um selvagem e que temos que enxotá-lo daqui.

Porfirio fitou o doutor e baixou a cabeça, sem responder. Luis os observava da cama. A senhora Carlota, esposa do doutor, conversava com Carmem em voz baixa. Artemio chegou, cumprimentou timidamente os presentes e se sentou em um canto do quarto.

— O que aconteceu, Artemio? O que lhe disseram na delegacia?

— Temos que fazer um boletim de ocorrência.

— E o que mais?

— Que o Luis tem que ir pessoalmente fazer isso.

Todos olharam para Luis, aguardando uma resposta.

— Não vou fazer nada — disse. Carmem lançou um olhar para ele, irritada. Luis repetiu: "não vou fazer nada".

O doutor se levantou, indignado.

— Como é que é? — perguntou em tom de reprimenda.

— Ele é um imbecil, doutor, é isso que ele é — disse Carmem.

— E você, cale a boca, sua idiota — exclamou Luis.

— Acalmem-se, por favor — interveio Artemio.

— Seu puto — gritou Carmem para o marido e, enfurecida, saiu do quarto.

A senhora Carlota observava assustada a cena. Porfirio levou as mãos à cabeça. O doutor puxou Artemio pelo braço e o conduziu até a porta.

— Se você não vai fazer nada — disse a Luis, enfático — nós faremos — e saiu arrastando Artemio. Carmem foi embora logo em seguida. Pofirio se levantou, sacudiu a cabeça lentamente e saiu sem dizer nada.

⦿⊙◎

Ela foi encontrada uma semana depois, rio abaixo, inchada e em estado de putrefação, balançando entre um monte de galhos e troncos. Seu pai a enterrou em um pequeno cemitério de Nova Orleans. Ele foi acompanhado somente por um velho estivador franco-canadense com quem já havia trabalhado.

— *C'est la vie monsier capitain.*

— *C'est la vie? Merde la vie.*

⦿⊙◎

O doutor chegou à casa do homem disposto a tudo. Artemio, atrás dele, o seguia com medo. Encontraram a porta aberta. O doutor entrou a passos largos. Artemio atrás dele. Adentraram sala e não o acharam. Revistaram a cozinha, os quartos, o quintal, o terraço. Nada: nem ele nem seus pertences. O homem havia ido embora.

⦿⊙◎

A água sempre traz consigo um sinal, um sinal que não soube ou não quis entender.

A noite azul

Para Álvaro Mutis

O carro preto e sem placas deu três voltas no Retorno e, na quarta, parou em frente à casa do doutor Del Río. Do automóvel saíram dois homens altos, um forte e moreno, o outro gordo e de pele muito branca. Tocaram a campainha. Um garoto abriu a porta.

— É a casa do doutor Tomás del Río? — perguntou o homem alto e moreno.

O garoto assentiu.

— Ele está?

O menino observou os dois homens por um instante e entrou na casa. Segundos depois apareceu uma figura baixa e gorducha.

— Em que posso servi-los? — perguntou o doutor sem abrir o portão aos desconhecidos.

Sem responder, o homem alto e moreno enfiou a mão no bolso de sua calça e tirou uma credencial. Mostrou o documento ao doutor, que o examinou detalhadamente.

— É domingo — falou o doutor. — Tenho visitas Não poderiam vir outro dia?

O homem gordo, que estava apoiado sobre umas das portas do automóvel preto, aproximou-se do médico.

— Só queremos lhe fazer umas perguntas — disse.

— Sobre o quê? — quis saber o doutor.

O homem moreno respondeu:

— Foi feita uma denúncia contra o senhor...

O doutor respirou fundo, nervoso.

— Um momento, vou buscar as chaves — disse, entrando na casa.

O homem alto e forte pegou um caderninho e anotou algo nele. O gordo ficou observando um grupo de garotos que jogava beisebol. O doutor chegou e abriu o portão.

— Passem por aqui, por favor — disse a eles. Os homens entraram. O doutor tornou a fechar a grade com a chave, conduziu os desconhecidos por um corredor que contornava a casa e os fez entrar em um cômodo independente, que fazia a vez de consultório. Então fechou as cortinas, acendeu a luz e os convidou para sentar em umas poltronas de couro.

— Do que se trata? — perguntou, ansioso.

O moreno olhou para o gordo, que encarou o doutor, que olhou para os dois, aflito. O gordo se levantou.

— O senhor conhece uma mulher chamada Laura Fuentes? — perguntou.

O médico respondeu imediatamente que não, que não se lembrava de nenhuma pessoa com esse nome. O gordo começou a dar voltas em torno da mesa, pensativo. Parou, pegou um cigarro e o colocou na boca sem intenção de acendê-lo. O doutor lhe alcançou uns fósforos, que o outro recusou.

— Não, obrigado — disse o gordo. — Parei de fumar, é só para matar a vontade.

O homem alto e moreno continuou fazendo anotações no caderninho, concentrado em sua tarefa.

— Nesse boletim de ocorrência — disse o gordo, puxando um papel amassado de um dos bolsos do casaco — está dizendo que o senhor a operou.

O doutor o interrompeu bruscamente.

— Não conheço essa pessoa — falou, incomodado.

O garoto que antes abrira a porta aos dois homens entrou no cômodo e aproximou-se correndo do doutor.

— Papai, papai...

— O que foi, filho?

— Tio Arturo disse pra você vir logo, que eles vão jogar dominó.

— Fala para o seu tio que já vou, que estou ocupado no consultório resolvendo uns assuntos.

— Que assuntos? — perguntou o menino.

— Uns assuntos — falou o doutor. — Agora chispa.

O garoto olhou para os homens, sussurrou algumas palavras no ouvido do pai e saiu.

— Não me lembro dela — continuou o doutor —, não me lembro de ter operado alguém com esse nome.

O policial gordo pegou o boletim e leu em silêncio.

— Pois aqui — disse, apontando o papel — está escrito que o senhor fez um procedimento cirúrgico nela.

— De quê?

O gordo fez uma pausa.

— Uma curetagem.

O doutor levantou com violência e encarou o gordo.

— Eu nunca faria uma coisa dessas... está me ouvindo? Nunca.

O gordo, tranquilo, percorreu-o com o olhar de cima a baixo e entregou a folha amassada para ele.

— Pois aqui diz que sim.

O doutor lhe arrancou o documento das mãos e começou a ler.

— Isto é uma mentira — disse, indignado.

O gordo encolheu os ombros.

— Prove.

— Claro que posso provar. Podem revistar os expedientes do hospital em que trabalho, lá vocês verão que eu nunca atendi essa Robles, ou Flores, ou sei lá como se chama.

O homem alto e moreno, que ficara calado o tempo todo, parou de anotar e disse pausadamente:

— Os hospitais, doutor, não registram abortos.

O doutor virou-se e fitou-o com raiva.

— Quem você acha que eu sou? — respondeu.

O moreno baixou a cabeça e continuou escrevendo.

— Que essazinha venha até aqui dizer na minha cara que eu a operei — desafiou o médico. O gordo abriu um sorriso sarcástico e caminhou lentamente ao redor do quarto, dando passadas largas e lentas, brincando com o cigarro apagado na boca. Então se deteve.

— Isso não vai dar, amigo, porque Laura Fuentes perdeu muito sangue até morrer — falou em voz baixa antes de prosseguir:

— Queremos saber se você faz ou não abortos... não estamos interessados nos que morrem antes de nascer, mas sim nos que morrem depois de nascidos, fui claro?

O médico deixou-se cair pesadamente numa poltrona, sem saber o que dizer. O gordo se sentou também. Os três homens ficaram calados. O garoto entrou novamente.

— Papai, papai, vem logo! Meu tio Arturo está dizendo que não podem começar a jogar sem o senhor.

— Estou indo já, já, filho.

O menino se sentou nas pernas do pai.

— É que o meu tio está dizendo para o senhor vir rápido.

— Já vou, fala pra ele para esperar um pouco, que não vou demorar — tirou o menino de cima das pernas e lhe deu uma palmada de leve.

— Anda, vá pra casa.

O garoto foi embora saltitante. O doutor o observou sair e ficou pensativo. O moreno continuou fazendo suas anotações no caderninho. O gordo, brincando com o cigarro.

— Insisto, senhores — falou o doutor, mais tranquilo —, que não conheço essa pessoa e que não faço esse tipo de operação. *Perdeu sangue, Tomás... perdeu sangue e morreu e você sabia que ela podia morrer e claro que se lembra dessa moça, era a magrinha de cabelos ruivos que tinha mais de sessenta dias de gravidez e você disse a ela que ficaria tudo bem, que era uma operação simples, quando sabia que não, que era perigoso, mas não se importou... não se importou...* O gordo se levantou, pegou o boletim que o doutor largara em cima da mesa e então começou a ler em voz alta:

— "No dia 14 de julho do presente ano, às oito horas e quinze minutos faleceu a senhorita Laura Fuentes pelas seguintes causas: 1) hemorragia vaginal por aborto induzido em gravidez intrauterina com período de gestação de sessenta e sete dias, 2) infecção..."

— Eu não seria capaz — interrompeu o doutor. *Claro que você foi capaz. Marcou com eles em uma clínica de quinta categoria, ela estava com o namorado, está lembrado? claro que sim, era o cara de cabelo escorrido e você pensou "esse vai ser um aborto de rotina", mas sabia que não, que havia risco, muito risco* — meu histórico clínico está limpo, sou um médico decente.

— Disso não temos dúvidas — falou o policial gordo — mas aqui diz que o senhor está sendo acusado de negligência profissional, práticas médicas ilegais...

— Mentira... Isso é mentira... Eu não sei quem foi essa mulher *e chegaram receosos, e você examinou a moça e disse a ela que voltasse no dia seguinte, que ela não comesse nada no café da manhã, e a ele pediu que trouxesse cinco mil pesos...* é uma calúnia.

— O namorado está acusando você — disse o gordo.

— Está louco — vociferou o médico.

O homem alto e moreno parou de escrever. Deixou de lado o caderninho, guardou a caneta, pôs-se de pé e andou até o doutor.

— Olhe, pare de se fazer de idiota. O senhor e eu sabemos perfeitamente o que fez, onde fez e quanto ganhou pelo que fez. É ou não é verdade que sabemos disso tudo aqui?

O doutor lançou um olhar assustado para o rosto duro e imperturbável que proferia palavras duras e imperturbáveis. O moreno continuou:

— Não faz sentido ficarmos perdendo mais tempo, nós já investigamos e temos provas suficientes para enquadrá-lo em no mínimo 12 anos de cana.

O doutor abaixou a cabeça e se sentou. *Ela voltou no dia seguinte e lhe disse que se sentia mal, que sangrava muito, e você disse a ela que isso era normal e que o que deveria fazer era não andar nem usar salto alto e descansar por alguns dias, que logo passaria e a moça lhe perguntou se nada iria acontecer com ela, e você respondeu que não, receitou-lhe penicilina e pensou que ela era uma chata e que seu namorado, que olhava preocupado para a sua cara, era outro.*

— Sabemos que horas o senhor a operou, em que clínica, em qual sala e quem lhe ajudou na operação. Quer que entremos em detalhes?

O doutor ergueu lentamente o rosto e fez que não com a cabeça.

— Como podemos resolver? — perguntou, tentando parecer tranquilo.

— Resolver o quê? — indagou o policial moreno.

— Os senhores sabem.

O moreno andou até o doutor e lhe deu um tapinha nas costas.

— O senhor está querendo dizer que quer se livrar desse aborrecimento?

O médico assentiu.

— Pois me parece que sim, que podemos dar um jeito nisso, não é?

— Mas é claro — respondeu o gordo.

O doutor fitou os dois policiais. O moreno sorria. O gordo brincava com o cigarro.

— O que vocês propõem?

O moreno encolheu os ombros. O gordo fez pouco caso.

— Quanto querem?

O moreno inclinou o corpo na direção do doutor.

— O justo.

— Quanto? Dez mil pesos está de bom tamanho?

Ambos os policiais riram.

— Fala sério, amigo — disse o moreno. — Olhe, estamos falando de 12 anos sem ver o sol... 12 anos... Está claro?

— Não posso lhes dar mais.

— Não, é muito pouco.

— Está bem, vinte mil.

— Trinta mil e a pulseira de ouro que o senhor está usando — disse o gordo.

— Não, esta pulseira não, foi presente da minha esposa.

— Está bem, doutor — falou o moreno ao médico — fechamos em quarenta mil, mas queremos agora e em dinheiro vivo.

— Não tenho isso tudo — disse — mas posso conseguir para quarta-feira.

— Não, amanhã temos que entregar o relatório.

— É que preciso sacar o dinheiro no banco.

— Então não tem acordo — disse o moreno. — Vamos.

— Não, esperem, tenho um relógio que vale muito mais que isso, vocês podem ficar com ele.

— Vamos ver, vá buscá-lo.

O doutor saiu às pressas do consultório. Os dois policiais continuaram sentados, sem falar. Um brincando com o cigarro. O outro revisando as anotações que fizera antes. Chegou o doutor.

— Aqui está, é um bom relógio. Muito fino, um Rolex.

O moreno pegou o relógio, examinou-o com cuidado, pesou-o com ambas as mãos e, ao terminar, entregou-o ao gordo, que executou o mesmo procedimento.

— Este relógio e a pulseira — insistiu o gordo.

O doutor engoliu em seco.

— Não, sério, qualquer coisa, menos a pulseira... o relógio sozinho vale mais de cinquenta mil pesos.

Ela foi perdendo sangue lentamente pela madrugada e, quando amanheceu, seus pais a encontraram morta e não sabiam o que tinha acontecido e a cama e os lençóis estavam ensopados de sangue. — Esses relógios são difíceis de vender — disse o gordo — e eu gostei da sua pulseira.

— Dou o relógio para vocês e cinco mil pesos que tenho aqui — disse o médico, mostrando sua carteira *e ela pensou antes de morrer que a noite estava azul, muito azul, e chorava assustada e se sentia mal e era apavorante ver seu sangue correr sem parar.* O moreno encarou o gordo e, com um movimento de cabeça, deu a entender que aceitava a oferta. O gordo guardou o relógio e estendeu a mão para receber o dinheiro. O doutor pegou a carteira e o entregou para ele.

— Pronto, doutor — falou o moreno —, assunto resolvido.

— Fechado?

— Não aconteceu nada aqui, nessas datas o senhor estava em Acapulco com sua família e nunca viu Laura Fuentes na vida, não é, parceiro?

— Claro, claro, nosso amigo não teve nada a ver com isso.

— Tudo em ordem, doutor — disse, sorridente, o homem alto e moreno.

O doutor suspirou aliviado.

— Bem, assunto encerrado. Cada um segue o seu caminho — disse o gordo.

— Acompanho os senhores até a porta.

Os três homens seguiram pelo corredor e chegaram até o portão de entrada. O menino, que brincava no quintal, alcançou seu pai e se pendurou em seu braço.

— Meu tio Arturo quer saber se o senhor vem agora.

— Sim, diga a ele que já vou.

— Ele me disse que é para o senhor vir logo porque às oito ele queria ir à missa.

— Está bem, vá correndo dizer a ele que não vou demorar.

O garoto soltou-se do braço do pai e correu até a casa. O doutor abriu a grade e os dois homens altos saíram.

— Até logo, doutor — disse o moreno, apertando a mão do médico.

— Fechado, então, não é? — perguntou de novo o doutor.

— Sim, homem, não se preocupe.

— Até logo e obrigado — falou o doutor. O gordo se despediu com um aceno e o moreno tornou a apertar a mão do médico.

Os policiais entraram no automóvel preto sem placas. De dentro da casa, se ouviam vozes e risadas. O carro arrancou. As crianças que jogavam beisebol na rua se afastaram para deixá-los passar. O doutor fechou o portão à chave e foi para casa. *E ela pensou que a noite estava azul, muito azul...*

Em legítima defesa

Para John Page

Um "bruum" sonoro retumbou ao longo do Retorno e rompeu o silêncio da madrugada. Um segundo depois o silêncio retornou e, trinta segundos mais tarde, acenderam-se as luzes da casa de Álvaro Sandoval. Dali a dois minutos, o telefone tocava na casa do doutor Del Río.

— Alô — o doutor atendeu ainda sonolento e escutou uma voz estremecida do outro lado da linha.

— Doutor, doutor, venha rápido...

— Quem está falando?

— Eu...

— Eu quem?

— Eu, ué, Olga Sandoval, venha logo, por favor...

— O que aconteceu?

— Uma coisa horrível, horrível — a voz de Olga se desmanchou em lágrimas.

— Estou indo — falou o doutor, desligando o telefone. Acendeu a luminária do criado-mudo. A senhora Carlota, esfregando os olhos, perguntou-lhe o que estava acontecendo.

— Não sei, parece que aconteceu um acidente na casa dos Sandoval.

A senhora Carlota se benzeu. O doutor vestiu as calças e uma jaqueta sobre o pijama.

— Tomara que não seja nada grave — ela disse.

— Tomara.

— Me avise se for demorar.

— Está bem.

Olga recebeu o doutor na porta. Chorava. O doutor a abraçou para logo acalmá-la e ela chorou ainda mais e chorando o conduziu até a cozinha. Ao entrar, ele se deparou com um rapaz estirado no chão em cima de uma poça de sangue. Álvaro lhe apontava um rifle Winchester 70, calibre 30-06, com mira de 4x, marca Bushnell, montada sobre anéis de fixação Redfield. Álvaro havia escutado ruídos no primeiro andar. A princípio, pensou na sogra, que tanto gostava de fazer boquinhas noturnas, mas logo viu que não ao notar os passos sigilosos. Pegou a arma debaixo da cama, carregando-a com uma bala dundum Winchester com ponta Nosler de 165 grãos e desceu lentamente a escada.

Viu a sombra de um homem na cozinha. Respirou fundo e seu coração começou a bater rápido.

Pouco a pouco, a sombra foi se aproximando da porta que dava para a sala de jantar. Álvaro se escondeu atrás do sofá e colocou a mira do rifle no vão da porta. Um vulto negro apareceu e Álvaro, que nunca conseguira matar nem uma lebre com aquele rifle, disparou.

O impacto fez com que o intruso ricocheteasse contra a pia. Álvaro recarregou o rifle e voltou a apontar para o ladrão, mas esse já não se movia.

As luzes do andar de cima foram acesas e se escutou um vaivém de passos e vozes temerosas. Cauteloso, Álvaro foi até a cozinha e acendeu a luz. Um homem, na verdade um rapaz, olhava o teto com os olhos arregalados. Respirava com dificuldade e, de seu ombro, quase deprendido, sangue jorrava em abundância.

Álvaro apontou o cano do rifle para a cabeça dele. "Não se mexa, idiota." O rapaz voltou o olhar na direção dele, sem se mover, sem falar, puxando o ar pela boca.

Olga desceu correndo a escada e, ao entrar na cozinha, soltou um grito agudo, porém contido. Agora o doutor tentava acalmá-los e Olga chorava ainda mais. Foi até Álvaro.

— Calma... Calma...

— Estava querendo nos roubar — disse Álvaro.

— Imagino que sim — falou o doutor. Rodeou o rapaz e então o chutou na perna direita — Que arma você está carregando, ô filho da puta?

O ferido gemeu, mas continuou parado. O doutor tornou a chutá-lo, e mais duas vezes.

— Responde, caralho.

O ferido não se mexeu mais. O sangue jorrava de seu ombro e tingia-lhe de vermelho a camiseta do América e a jaqueta jeans. O doutor se agachou sobre ele.

— Deixa eu ver se este desgraçado está armado. Não pare de lhe apontar o rifle e, se ele fizer alguma coisa, atire.

O doutor vasculhou as roupas do rapaz e, ao fazer isso, sujou-se de sangue.

— Esse babaca veio trazendo só isso — disse, mostrando uma chave de fenda grande com cabo amarelo que tinha caído perto da geladeira, uma Mabe modelo 860. O doutor se levantou e foi até a pia lavar as mãos.

— Tem aquele sabão em pó Fab?

Álvaro pensou antes de responder.

— Não, só Ariel.

— Também é tira-manchas?

— É.

O doutor lavou as mãos e Álvaro afastou o rifle da cabeça do ladrão.

— E agora, o que vamos fazer, doutor?

O doutor olhou o ombro despedaçado do ferido.

— Não tenho a menor ideia — disse.

— Chamamos a polícia? — perguntou Olga.

O doutor contemplou novamente o homem estirado a seus pés.

— Não sei.

Tocou o telefone. Olga saiu da cozinha para atender.

— Seus filhos não viram nada disso, não é? — perguntou o médico.

— Não, não, estão lá em cima... minha sogra está cuidando deles.

— Sua sogra está aqui?

— Está, porra, já faz duas semanas.

— E quanto tempo vai ficar?

— Não faço ideia.

Voltou Olga.

— Doutor, sua esposa quer falar com você.

— Carlota?

— Sim.

— Obrigado.

O doutor pegou o aparelho e se sentou em uma das cadeiras da sala de jantar.

— Não, nada grave, querida... Álvaro caiu da escada, meu amor... uhum... sim... não... para o hospital?... não... humm... tchau.

Voltou para a cozinha. O rapaz continuava estirado na mesma posição.

— Vou chamar uma ambulância — disse Olga.

— Não, espere — ordenou o doutor em tom autoritário.

— Este rapaz está muito mal — replicou Olga.

— Deixe-me examiná-lo.

— Ele vai se salvar? — perguntou Álvaro.

O doutor encolheu os ombros e ajoelhou-se junto ao ladrão. O rapaz fixou o olhar no rosto do médico. O doutor rasgou com brutalidade a camiseta e, ao fazer isso, o rapaz gritou de dor e se contorceu de um lado para o outro. O doutor saltou para se esquivar dele. Olga saiu correndo até a sala e Álvaro lhe apontou o rifle.

— Quieto, seu imbecil. — gritou Álvaro, mas o outro continuou revirando-se. — Quieto, caralho.

— Deixe-o, está morrendo — disse o médico.

Álvaro olhou perplexo para ele, levantou o rifle e se apoiou na parede.

— Chamamos então a Cruz Vermelha?

— Melhor o Ministério Público, porque ele já está nas últimas.

Na sala, Olga soluçava. Dona Letícia, sua mãe, desceu as escadas. Notou que a filha chorava e foi abraçá-la e também chorou. Na penumbra, as duas mulheres pareciam uma só. O rapaz finalmente voltou a ficar quieto.

— Não há nada que se possa fazer por ele? — perguntou Álvaro.

— Nem se pudesse eu faria, não por esse ladrãozinho miserável.

— E se ele morrer, o que nós vamos fazer?

— Nós, não. A pergunta é o que você vai fazer.

De repente o rapaz começou a arquejar.

— Olhe, ele está se afogando com seu próprio sangue. É quando seus alvéolos começam a parar de funcionar...

— Por que isso acontece?

— A bala danificou o pulmão.

Álvaro observou angustiado sua vítima. Sentiu um embrulho no estômago e que a cozinha era cada vez menor e que o homem vinha pra cima dele com o pulmão despedaçado, o sangue jorrando e o olhar transtornado. Achou que fosse desmaiar, mas se manteve de pé.

O ferido começou a arquejar cada vez mais rápido. De sua boca veio um lamento rouco, profundo. As órbitas de seus olhos giraram rapidamente. Com a mão direita, começou a bater no piso e virou a cabeça em busca de ar, fôlego: vida. Arqueou o corpo e caiu imóvel.

— Pronto — falou o doutor. Álvaro inclinou a cabeça e vomitou. O doutor o tirou da cozinha, levando-o para o banheiro. Depois foi até a sala, onde as mulheres choravam no escuro. Acendeu uma das luzes laterais e começou a folhear uma *Cosmopolitan.*

— O que aconteceu, doutor? — perguntou Olga. Com um gesto, o médico indicou que tudo havia terminado. Olga emitiu um leve gemido e cravou a testa no ombro de sua mãe.

Álvaro voltou com uma expressão abalada. Sentou-se em uma poltrona diante dos outros.

— O que vou fazer? — perguntou com a voz entrecortada.

— Primeiro... acalme-se — lhe respondeu o doutor.

Álvaro começou a choramingar.

— Eu matei ele — balbuciou.

A senhora Letícia parou de abraçar a filha.

— Vou cuidar das crianças — disse, retirando-se.

O doutor se levantou e começou a andar em círculos.

— Não se preocupe, Álvaro, você agiu em legítima defesa.

— Isso não muda o fato de eu ter matado um homem.

— Mas quis salvar a vida dele, chamou um médico, ou seja, eu.

— E se tivéssemos chamado uma ambulância? — indagou Olga.

— Nem pensar, esse cara ia morrer de asfixia ou de hemorragia, ou de parada cardiorrespiratória, ou de susto, ou...

— Por favor, doutor, não diga essas coisas — Olga replicou.

— Está bem, está bem. Agora vou dizer a vocês o que eu acho o mais importante.

Álvaro e Olga olharam para ele, atentos.

— Acho que não convém avisar à polícia e nem contar a ninguém o que aconteceu.

— Isso é impensável — respondeu Álvaro, indignado. — Tem um homem que eu matei na minha cozinha.

— Exatamente, porra, que você matou. E por isso mesmo não tem que contar para ninguém.

— Foi em legítima defesa, a lei está do meu lado, você mesmo disse.

— Isso de legítima defesa eu falei para diminuir sua culpa, não para você ir até a polícia contar sua história pra boi dormir...

— Não é história nenhuma. Aconteceu pra valer...

— A prisão também é pra valer, isso sem falar que sua casa pode acabar cheia de detetives de meia-tigela que se acham o Magnum, ou o Columbo, ou o Mannix, ou então...

— A lei tem que me proteger.

— Então vá correndo chamar a polícia e prove a eles que esse cara é um ladrão...

— Claro que ele é um ladrão...

— Tem certeza? Já perguntou a Olga? E se por acaso esse cara e Olga...

— Não tinha pensado nisso...

— É claro que ele é um ladrão — interrompeu Olga — e não acho que seja conveniente que alguém fique sabendo disso.

Álvaro levou as mãos à cabeça e começou a pressionar as têmporas.

— Então, o que vamos fazer? Esquartejamos, embrulhamos e escondemos no terraço ou transformamos em adubo para as plantas?

— Não fale besteiras — gritou Olga. — Isso não é um...

— Não é um o quê? — Álvaro interrompeu. — Um jogo de Nintendo? Faça-me o favor!

— Eu proponho que nos livremos do corpo o quanto antes — falou o doutor.

— O quê?

— Acho o mais razoável, Álvaro. Ninguém estava vendo esta cagada, só a gente sabe que você o matou. Vai se convencendo que temos que desová-lo em algum lugar...

— Isso é uma selvageria — sentenciou Álvaro com raiva.

O doutor olhou para ele irritado. Deu meia-volta e andou até a porta. Antes de chegar, parou.

— Faça o que quiser, eu já não tenho mais nada para fazer aqui.

— Não vá, por favor — gritou Olga, correndo para detê-lo.

— Seu marido é um otário.

— Ele está nervoso, só isso.

— Me desculpe, doutor — sussurrou Álvaro.

O médico e a mulher voltaram para a sala. Álvaro começou a chorar.

— Olga, traga um lençol ou um cobertor velho — ordenou o doutor.

A mulher subiu as escadas às pressas. O médico sentou-se junto a Álvaro e lhe deu um tapinha nas costas.

— Vai dar tudo certo, não se preocupe.

Olga desceu trazendo consigo dois cobertores Lúxor de casal cor de café.

— Servem estes dois? — perguntou.

— Sim.

Entraram os três na cozinha. Álvaro pensou que o cadáver o impressionaria novamente. Não foi o caso: ele lhe pareceu um espetáculo menos ameaçador que o de um homem agonizante.

— Por favor, Olga, traga alguma roupa velha para mim e Álvaro, algo que possamos jogar fora — pediu o doutor. Olga saiu apressada e voltou com um par de camisas desbotadas, um macacão que Álvaro usava para fazer reparos mecânicos no seu carro e uma calça jeans.

— Você quer que eu jogue fora meu macacão? — perguntou Álvaro, indignado.

— Já está muito velho.

— Que velho, nada. Traga a calça azul.

— A nova que te dei no dia dos pais?

— Essa mesmo, a de Tergal.

Olga foi buscar a calça. Quando voltou, o médico pediu luvas.

O doutor e Álvaro vestiram a roupa velha sobre as que já estavam usando e os pares de luvas de látex que Olga trouxe. Estenderam os cobertores do lado do morto e o envolveram.

— Agora, Olga, abra a mala do carro e coloque sacos plásticos para que o revestimento não manche.

— O carro está na garagem, será que alguém vai me ver? — perguntou Olga.

— Duvido, são três horas da manhã — respondeu o médico.

Olga rasgou algumas sacolas de supermercado e as dispôs com cuidado sobre o tapete da mala do carro.

— Pronto — disse.

Com dificuldade, os dois homens carregaram o corpo embrulhado até a mala. Tiveram que dobrá-lo para que coubesse.

— Temos que nos apressar — disse o médico —, que o morto não vai demorar a ficar duro e aí sim não vamos conseguir tirá-lo daí.

Foi então que Álvaro parou. Olhava alternadamente para o médico e a mala.

— O que foi?

— Não posso... não posso...

O doutor suspirou, aborrecido.

— Olha só, Álvaro, vou dar exatamente um minuto para você pensar bem no que quer fazer.

— É que, doutor, isso não está certo...

— Um minuto, entendeu?

O médico abriu o portão de entrada e caminhou até o meio da rua.

— Vou esperar aqui.

Álvaro ficou paralisado. Olga o abraçou.

— Por favor, meu amor, vamos fazer o que ele está dizendo.

— Não posso.

— O que você quer fazer?

— Outra coisa... chamar a polícia — gaguejou Álvaro.

O doutor, que continuava parado no meio da rua e tinha escutado a conversa, interrompeu, enfurecido.

— Mas se você chamar a polícia não me meta no meio. E tem mais, nem diga que me conhece — gritou.

— Por favor, os vizinhos vão perceber — implorou Olga.

— Se é isso que o seu marido quer, que todos fiquem sabendo — voltou a gritar.

— Doutor, estou pedindo.

Álvaro começou a murmurar baixinho.

— Chega, chega...

— Chega de quê? — perguntou Olga.

— Eu vou fazer — respondeu Álvaro, indo em direção ao médico. — Vamos.

— Tem certeza? — perguntou o outro.

Álvaro assentiu com a cabeça. Fechou a mala e entrou para dar a partida no automóvel. Deixou o carro esquentar por um minuto e meio.

— Pronto — disse.

— Eu dirijo — ordenou o doutor.

Olga abriu as portas da garagem e enfiou a cabeça por uma das janelas do carro e disse:

— Voltem logo.

Saíram e pegaram a avenida Ermita Iztapalapa em direção à estrada para Puebla. Nenhum dos dois falou durante o trajeto. Quando chegaram ao entroncamento, o doutor pegou o caminho para Chalco. Depois de dez quilômetros, dobraram em uma estrada de terra e a percorreram por um bom tempo.

O médico parou o automóvel e correu os olhos pelo horizonte para garantir que ninguém os estava vendo. Com um gesto, pediu a Álvaro que saísse do veículo. A noite estava escura, havia uma lua nova no céu e um vento frio soprava.

Álvaro abriu com cuidado a mala. Baixaram o corpo juntos e o desovaram atrás de um matagal.

— Aqui está bom? — perguntou Álvaro.

— Shhhh — obteve como resposta.

Em silêncio, pegaram o carro e foram embora depressa. Depois de uns minutos, já quase chegando à cidade, o doutor falou:

— Então, que tal umas panquecas de café da manhã?

Lilly

Para Jorge Arriaga

Eles a mataram, eu sei disso e só eu sei. Não foi culpa deles, foi um acidente, não sabiam o que estavam fazendo. São praticamente crianças. São inocentes... são meus filhos...

— Sua tia Gabriela e Lilly estão vindo morar aqui.

— Por quê?

— Porque sim.

— Por muito tempo?

— O necessário.

— É que Lilly...

— É que nada.

— Não, papai, aqui não.

— Não coloquei o assunto em discussão.

— E onde ela vai dormir?

— Vocês dois vão dormir juntos e Lilly no seu quarto.

— Não...

Fizeram sem querer, estavam brincando: foi uma travessura. Eles não são maus, não são...

— Roberto, dê um beijo na sua prima.

— Não pa...

— Anda!

— Não.

— Presta atenção...

— Eu não quero.

— Deixa ele, Rodrigo, daqui a pouco se acostuma.

Falei para o Rodrigo que Gabriela não tinha para onde ir e ele me disse para eu trazê-la para casa. Coitada, estava desesperada. Ficou arrasada com a morte de Javier. Tive pena.

A gente ficava com nojo, era como um animalzinho que só gemia e babava. Papai falou que ela ia passar a morar com a gente. Nós não queríamos, Lilly nos dava nos nervos.

É... é que ela era muito feia e eu ficava também com um pouco de medo, tinha a impressão de que ela ia me morder.

Mas logo nos acostumamos com ela.

Eu não muito, na verdade, nunca vou me acostumar, mas não me restava alternativa.

Aos pouquinhos, começamos a brincar com ela.

Deve ter sido difícil para minha irmã ter uma filha como Lilly, mas cansei de avisar a ela que era perigoso engravidar na sua idade. Só Deus sabe por que essas coisas acontecem.

— Vamos ao cinema com sua tia.

— E Lilly?

— Vocês vão cuidar dela.

— Não...

— Não reclamem, crianças... um beijo na mamãe... tchau... comportem-se.

Não sabíamos o que fazer com Lilly. Era chato cuidar dela. Mamãe, papai e tia Gabriela saíam cada vez mais e a gente tinha que ficar de babá.

No início, não esquentávamos a cabeça — trancávamos Lilly em seu quarto e não a deixávamos sair. Ela berrava e berrava, mas não abríamos.

Não podíamos sair para brincar com nossos amigos. Se nossos pais chegassem e soubessem que a gente tinha deixado Lilly sozinha, eles ficariam furiosos.

Claro que uma vez eu e Roberto fomos brincar na pracinha e eles chegaram. Pegaram nós dois e o chinelo cantou.

Além do mais, ligavam toda hora para ver se estávamos em casa.

A gente ficava com raiva por ter que ficar com Lilly, já que quem deveria cuidar dela era minha tia Gabriela.

Gabriela tinha que sair, se distrair. A morte de Javier a fizera sofrer muito, não podia ficar trancada dentro da sua tristeza. Lilly era um fardo para ela.

Eu acho que tinham vergonha de tirá-la de casa.

É, eles escondiam a Lilly, nunca a levavam para lugar nenhum. Quando minha mãe e minha tia iam ao supermercado, não levavam ela junto.

E, para nosso azar, nos deixavam tomando conta dela assim que acabávamos o dever de casa.

Nas férias, tínhamos que cuidar dela o dia inteiro.

— Não seria melhor mandá-la para uma instituição?

— Rodrigo...

— Bem, é que pode ser melhor para todos.

— Não, cunhado, prefiro tê-la ao meu lado... cuidar dela eu mesma.

Uma vez trouxemos uns amigos para vê-la, para que vissem como ela era feia.

É que parecia um rinoceronte.

Ficaram horrorizados, tanto quanto eu.

Papai ficou sabendo pela mãe de Luis que tínhamos exibido Lilly para todo mundo e ficou irado.

Ele colocou a gente de castigo. Ficamos sem poder sair por uma semana inteirinha.

— Ele me agrada, Gabriela, parece ser um bom homem.

— Você acha?

— Claro.

— Hoje me convidou para almoçar.

— Que bom.

Cada vez a deixavam por mais tempo conosco.

Ficávamos de saco cheio de seus berros e já não podíamos trancá-la. Meu pai já tinha descoberto o que fazíamos com ela e nos tomara a chave do quarto.

A única coisa que nos restava era brincar com ela. Pelo menos quando estava com a gente ficava quieta.

— Você tem que refazer a sua vida.

— Eu também estou de acordo, Gabriela.

— Mas é que ele não sabe nada sobre Lilly.

— Se ele gosta de você, vai ter que aceitá-la.

— Você acha?

— Claro.

Um dia, brincando com ela, Salvador pegou em um de seus peitos sem querer.

Porra, fiquei muito excitado.

E Lilly não chorou.

Então tivemos a ideia de deixá-la nua, já que meus pais e minha tia iriam chegar bem tarde.

Tiramos toda a sua roupa e começamos a passar a mão nela toda.

E ela não gritou nada. Ficava quietinha.

Era gorda pra cacete. Muito branca. Mas isso não importava.

Também era muito peluda. Tinha as pernas e as axilas cheias de pelos.

E a xoxota também era muito peluda. Eu não sabia que as mulheres tinham pelos ali.

Salvador começou a meter o dedo nela. Metia e tirava o dedo. Eu fiz o mesmo.

Ouvimos um carro chegando e levamos um baita susto. Achávamos que nossos pais tinham chegado. Vestimos Lilly de qualquer jeito e fomos correndo para o quarto.

— Como foi com o Ismael?

— Ai, esse homem é um presente de Deus!

— Então ande, diga logo o “sim”.

— Ainda não, Estela, ainda não.

Três dias depois, papai e mamãe foram para Acapulco e minha tia Gabriela para a casa de umas amigas, em Cuernavaca.

Bem, pelo menos foi o que nos disseram.

— Voltamos na terça-feira. Sua tia Gaby volta até quarta.

— Cuidem bem de sua prima Lilly.

— Sim, papai.

Agora gostávamos de ficar com Lilly, podíamos fazer com ela o que a gente quisesse.

Sim, porque, às três da tarde, Romélia, a empregada, ia embora para a casa dela depois de nos dar o almoço e só voltava no dia seguinte.

Nos deu na telha tirar a roupa da Lilly devagarzinho. Para nossa sorte só a vestiam com calcinha e camisola.

Sentávamos Lilly no chão e ali a deixávamos nua em pelo.

Começamos a meter o dedo de novo no buraquinho. Roberto quis ficar beijando seus peitos, que também eram peludos.

Ela nem se movia, ficava lá deitada, deixando a gente fazer o que queria.

No dia seguinte, no sábado, eu tirei as calças, peguei o pingolim e meti na Lilly. Foi gostoso, quentinho.

Fiquei com medo do que fez o Roberto. Achava que ela podia ficar grávida.

Mas no final acabou sendo mais excitante e Salvador também meteu nela.

A gente ficava só esperando a hora de Romélia ir embora para ficarmos sozinhos com Lilly.

Transávamos com ela o dia todo. Às vezes, acordávamos no meio da noite e rolava de novo.

Levávamos Lilly para o quarto e a deitávamos na cama de Salvador. Já não a vestíamos mais, deixávamos que ficasse nua. Só quando sabíamos que Romélia ia chegar, por volta das nove, que vestíamos a camisola nela e a devolvíamos ao seu quarto.

Mas, assim que Romélia ia embora, voltávamos a despir Lilly.

O tempo passou bem rápido para a gente, até que os nossos pais chegaram.

— Como vocês se comportaram?

— Bem.

— E Lilly?

— Muito bem, mamãe.

— Brincaram com ela?

— Sim.

— Brincaram de quê?

— Futebol, bolinhas de gude, de tudo.

— Ela consegue?

— Às vezes.

Não sei o que deu nos nossos pais para ficarem em casa — e minha tia Gabriela também. Não conseguíamos achar uma forma de estarmos sozinhos de novo com Lilly.

Uma coisa é certa: minha tia havia brigado com um namorado e meu pai e minha mãe ficavam conversando com ela.

— Só que ele tem razão, né, Gabriela.

— Não consigo, é que não consigo.

— Mas também não pode passar a vida assim.

— Eu não sei... ele me toca e eu sinto asco... é isso, eu não consigo.

— Por quê?

— Eu me lembro de Javier.

— Mas Gabriela...

— O que você quer que eu faça? É algo que eu trago aqui dentro.

— Fale com ele. Explique.

— Mas não chore.

— Sinto tanta saudade de Javier, sinto tanto a falta dele.

— Sim, querida, acalme-se... você vai ver que tudo tem jeito, minha irmã.

Teve uma época em que minha tia Gaby ficava num chororô só.

Ela se trancava no quarto de Lilly e ficava aos prantos lá dentro.

Era quase impossível fazer qualquer coisa com minha prima e eu já estava quase entrando em desespero. Tinha vontade de transar com Lilly outra vez.

Eu também. Era como um vício. Eu já não pensava mais em outra coisa.

— Voltou a falar comigo.

— Quem?

— Ismael.

— Sério?

— É.

— E o que ele disse?

— Que queria conversar.

— Para voltar?

— Mmmhuum...

— Perfeito! Felicidades!

Minha tia Gabriela voltou a sair, pois se reconciliou com o namorado.

Romélia, a empregada, se casara e já tinha ido embora da casa.

As coisas estavam voltando a ficar boas.

Meu pai teve que ir a Tijuana a trabalho e levou mamãe e minha tia.

— Têm certeza que vão cuidar da sua prima direitinho?

— Vamos, mamãe.

— Vocês, sozinhos?

— É.

— Vão dar café da manhã, almoço e tudo mais?

— Vamos, mamãe.

— Têm certeza?

— Sim.

— Então está bem. Pedi para Romélia vir na segunda para dar banho em Lilly. Se tiverem algum problema, é só falarem com ela, certo?

— Certo.

Ficariam quatro dias fora. Naquela noite, comemoramos transando com Lilly.

Dormimos nós três na mesma cama.

Na manhã seguinte, nos enfiamos todos no chuveiro. Sentamos Lilly na banheira e a ensaboamos. Reparamos que, se passássemos muito sabão na sua xoxota, era mais fácil de meter.

Então tive a ideia de passar sabão no cu dela, para também podermos comê-la por trás. Roberto ficou com nojo, mas eu não. Primeiro eu meti um dedo e vi que entrava quase igual que na frente. Então meti o pinto.

Para Lilly deve ter doído muito, porque ela começou a gritar, mas Salvador não se importou e continuou fazendo. Depois de um tempo, Lilly ficou quieta e parou de chorar.

Achei melhor comê-la por trás do que pela frente. Lilly gritava às vezes, mas isso não tinha importância — no final das contas, era como um animalzinho.

Passamos aquele dia enfiados no chuveiro e o dia seguinte e o outro também.

Até que nossos pais voltaram.

Quando a encontrei, ela já estava morta. Não pude fazer nada por ela. Roberto chorava e Salvador não dizia nada. Tinham feito sem querer.

Juro que não sei dizer quando começamos a bater nela. Acredito que foi num dia em que estávamos na cama e ela começou a berrar e então lhe demos umas bofetadas para ela calar a boca.

Não seja sonso, Roberto, você adorava bater nela.

E você também.

Está bem, a gente gostava de bater nela e fazer uma ou outra maldade. Já não era divertido só transar com ela. Queríamos fazer algo mais emocionante.

Ela estava com a cabeça destroçada. Mas eu sei que foi sem querer, que estavam brincando com ela.

Foi tão rápido. Lilly gritava e gritava. Salvador a chutava. Ela estava nua. Nós tínhamos acabado de comê-la por trás. De repente ouvimos chegar o carro do meu pai. Tínhamos que fazê-la calar a boca, mas Lilly continuava gritando. Bateu o desespero. Eu tapava a boca de Lilly enquanto Salvador tentava vesti-la, mas ela não deixava, se mexia muito e gritava. Então Salvador pegou um taco de beisebol e lhe deu uma pancada bem forte na cabeça. Lilly caiu e não se mexeu mais. Começou a escorrer um monte de sangue. Não soubemos mais o que fazer. Papai entrou no quarto, viu Lilly e tentou ajudá-la, mas ela já estava morta. Eu chorei muito. Papai falou pra gente não dizer nada. Então chegaram mamãe e minha tia Gabriela. Papai disse para elas que Lilly tinha caído e batido com a cabeça. Minha tia ficou louca, abraçando Lilly sem parar. Minha mãe apoiou-se na parede e ficou muda.

Lilly, minha Lilly, minha filha... Lilly.

Eu sei que eles estavam brincando. Seriam incapazes de fazer isso por maldade. Coitadinhos, estão muito assustados.

— Talvez tenha sido melhor assim, Gabriela.

— Lilly, minha Lilly...

— Você vai casar com Ismael?

— Lilly... minha Lilly...

Eles a mataram, eu sei disso e só eu sei. Não foi culpa deles, foi um acidente, não sabiam o que estavam fazendo. São praticamente crianças. São inocentes... são meus filhos...

Pontos coloridos

Para Laura Esquivel

São como dois grandes lagartos. Na sombra, suas figuras carnudas, quase imóveis, emitem sons roucos e ásperos que são produzidos com perfeita lentidão e rompem a melodia suave e contínua da chuva que bate contra os vidros das janelas. Os dois corpos, macios e imensos, tremem com um tremor vagaroso e sossegado que nasce com cada expiração, percorrendo-as dos pés à cabeça. Os dois dormem, homem e mulher, recostados indolentes sobre as poltronas diante do aparelho de televisão que, ligado, deixa escapar em vão o mundo de suas imagens. Lá fora, na rua, no traço sem curvas e largo, a tarde vai se desvanecendo em tons de cinza cada vez mais escuros.

Gonzalo abre os olhos. Acorda sonolento. Acomoda seu corpo enorme na poltrona e reclina a cabeça no espaldar. À sua esquerda, sua mulher dorme profundamente.

Gonzalo fixa os olhos na tela elétrica e mecanicamente segue o conjunto de pontinhos coloridos que confluem em um feixe de linhas luminosas que, às vezes, pretendem imitar coisas e, outras vezes, pessoas, mas que agora formam a figura de um apresentador de auditório que vocifera exaltado enquanto Gonzalo o contempla absorto.

A luz esbranquiçada que emana do televisor banha o rosto inchado e caído, deformado pelo sono. Lá fora, na rua, a noite chega e a chuva já havia dado fim ao seu incessante golpear.

Na tevê estão passando algumas propagandas. A caricatura de um coelho salta por entre crianças que bebem chocolate batido; uma modelo sedutora mostra uma nova marca de carros. O apresentador de auditório volta a aparecer na tela e continua sua ladainha interminável.

Os olhos de Gonzalo seguem as imagens, mas logo param no lugar onde não há imagem, nem luz, nem pontos coloridos, nem caricaturas de coelhos saltitantes.

Seu olhar se deteve no seu antebraço esquerdo. A velha dor metálica, a velha dor glacial que ele acreditava ter enterrado na memória, flui novamente por entre os ossos.

Gonzalo sabe muito bem, não tem como se enganar — esta não é uma das tantas pontadas do reumatismo que o ataca na época das chuvas, não, é a velha dor inimiga que naquela tarde de abril o fez despencar para o centro da cidade, diante do olhar doentio de centenas de curiosos que pararam só para olhar o seu ritual de agonia. A velha dor que o fez despertar dentro de uma ambulância, em meio aos gritos de sua mulher que, ao seu lado, implorava aos médicos que o salvassem, gritos que eram abafados pelo barulho frenético da sirene anunciando aos demais que aquele veículo levava um passageiro da morte. A velha dor que fez com que o trancassem em um quarto cinza e frio e o conectassem a uma série de cabos e aparelhos. A velha dor que o fez depositar sua esperança de forma visceral em um "bip-bip" cujo som era a tradução exata do "tum-tum" do seu coração e que o fez perseguir com o olhar exacerbado o conjunto de pontos coloridos que em um monitor formam um feixe brilhante que, de forma descontínua, pretende imitar o fluxo da própria existência, com a garganta seca por essa sede interminável e amarga que se tem pela vida. A velha dor que o faz se lembrar dos momentos em que não se lembra de nada, em que tudo era escuro e de cuja única impressão é a de uma maré de vozes frágeis e distantes, de um burburinho longínquo que instava alguma coisa, essa coisa traduzida pelo "bip-bip" e pelo salto contínuo de uma linha luminosa. A velha dor, a velha dor.

Gonzalo tenta se levantar, mas a dor o derruba: ela agora subiu para a nuca e se dirige para o peito. O coração se agita inquieto. O apresentador de auditório não para de falar. A mulher dele ronca e não percebe nada. Com o olhar, o homem procura pelo quarto o frasco que contém os comprimidos brancos, os que o médico lhe disse para nunca deixar longe do seu alcance. Onde está o frasco? Onde está? A velha dor, vingativa, impõe sua lei. O homem acredita estar perdendo a consciência. O frasco, onde está? Onde?

Gonzalo tenta se acalmar, não quer ser derrotado, mas a dor, que se espalha rapidamente, o pressiona. Tenta gritar, tenta avisar Enriqueta que o inimigo está de volta. Não consegue, o coração palpitante o faz engasgar.

A dor penetra cada vez mais fundo, com a profundidade necessária para vencer. O apresentador de auditório parabeniza o felizardo ganhador de um liquidificador. Aplausos e vivas são ouvidos.

A mulher deixa escapar um leve gemido. Gonzalo bate com a mão direita no braço esquerdo, como se quisesse expulsar dali o demônio que o consome. A escuridão recai sobre seus olhos, mas ele faz o possível para impedir que isso aconteça. Tem que reagir logo. O frasco, o frasco. Ele se lembra, está na gaveta da mesa. Não está longe. São só três passos.

Ele se joga no chão e arrasta seu corpo obeso e volumoso, o qual vibra com cada fisgada mortal. Chega à mesa e com uma mãozada tenta abrir a gaveta. Não consegue. Tenta mais duas vezes até que na quarta consegue por fim abri-la.

Sua mão direita fuça, desesperada, até que os dedos sentem o pequeno pote de vidro. Gonzalo agarra o frasco e o puxa para si.

Com movimentos bruscos, consegue destampar o pote, pega um dos comprimidos e o coloca debaixo da língua. A velha dor arrefece como um animal ferido, afasta-se do pescoço e foge por onde veio: por entre os ossos do antebraço esquerdo.

Gonzalo sente como seu corpo relaxa e suas carnes se esparramam vitoriosas até o chão. Respira fundo. Ele venceu.

Na tela da tevê, aparece a caricatura de um coelho que salta entre crianças que bebem chocolate batido.

Uma questão de honra

Para Alejandro Rodríguez Zubieta

Estávamos na aula de História quando a professora nos perguntou sorridente quem era o nosso herói preferido, o nosso exemplo a ser seguido. Eu, como sempre, levantei a mão primeiro.

— Benito Juárez — falei, entusiasmado.

— Muito bem, muito bem — respondeu a professora.

Andrés López, que estava sentado mais à frente, levantou a mão depois de mim. Era o mais estudioso e, quando respondia a alguma pergunta da professora, invariavelmente ficava de pé.

— Para mim, senhorita Jiménez — disse todo cheio de respeito —, meu herói da pátria favorito é Don Miguel Hidalgo y Costilla.

— Me parece ótimo, Andrés — disse a professora.

Assim, cada um de nós foi falando suas preferências. Uns escolhiam Guerrero, outros, Emiliano Zapata, José Maria Morelos ou Pancho Villa. Ninguém tinha dúvidas de que sua escolha era correta.

Chegou a vez de Peláez, que costumava se sentar no canto mais afastado da sala.

— E você, Antônio, qual é o seu herói favorito?

Peláez pareceu refletir por alguns segundos antes de responder, se ajeitou na carteira e respondeu com muita segurança:

— Hernán Cortés.

O sorriso constante da senhorita Jiménez desapareceu de seus lábios. Nós outros, incrédulos, nos viramos para ver. Peláez, sem se alterar, voltou a repetir suas palavras:

— Hernán Cortés, professora.

Todos nós nos sentimos imediatamente ofendidos. Entre tantos personagens históricos, Peláez tivera a ousadia de eleger o desprezível Hernán Cortés, o conquistador cruel, vilão, assassino, enfim, o espanhol.

A senhorita Jiménez não conseguiu dissimular sua surpresa e seu desgosto. No decorrer do curso, mostrara uma grande aversão aos espanhóis, responsabilizando-os pela maioria dos problemas atuais do país. A professora não ficava uma aula sem falar mal deles, contagiando o grupo com seu ódio declarado.

Tudo para, quase chegando o fim do ano, um aluno seu escolher Hernán Cortés como herói preferido.

Por nossa vez, sentimos que Peláez estava traindo a pátria, a nossa raça. Julián aproximou-se e comentou no meu ouvido:

— Realmente esse idiota não tem noção.

— É — respondi —, é um traidor.

Por sorte, não demorou a tocar o sinal do recreio. A professora apanhou seus livros e saiu rápido da sala de aula, coisa que nunca tínhamos visto antes. Nós continuamos ali, olhando com desprezo para Peláez, que cinicamente veio nos perguntar se íamos jogar futebol.

— Some daqui — disse para ele.

— É, cai fora — apoiou-me o gordo Rodolfo, nosso líder e o mais brigão de todos. — Vai encher o saco de outro.

Demos meia-volta e fomos embora. Peláez ficou no meio da sala, sem saber o que fazer e muito menos o que dizer.

Os dias se passaram e a raiva de todos contra Peláez foi crescendo. Nós o odiávamos: não tinha mais nada a ver com a gente.

A princípio, só deixamos de falar com ele, demos um gelo, mas com o passar do tempo ele foi ficando mais insuportável e insolente. Até a própria senhorita Jiménez não escondia o seu desagrado.

A mando do gordo Rodolfo, decidimos tomar ações mais drásticas contra ele. Julián quebrou seus lápis e canetas. Carlos colocou detergente nas suas tortas.* Eu queimei suas anotações. Uma quinta-feira, se bem me lembro, o gordo levou as coisas de Peláez para o banheiro — seu suéter, sua mochila, seus livros –, mijou em cima delas e as sujou todas de merda. Mas o pior ainda estava por vir.

Peláez, por sua vez, parecia ignorar por que fazíamos aquelas maldades. No entanto, nunca se queixou. Pegava seu suéter do fundo da privada e o carregava escondido para casa, onde ele mesmo o lavava, para que seus pais não lhe fizessem perguntas.

Nunca disse nada a ninguém, nem ao diretor, nem à professora, nem a nenhum de nós. Chegava cedo à escola e, cabisbaixo, ia se sentar no seu canto. Sua aparente dignidade era o que mais nos incomodava.

Nós o humilhávamos pra valer, com uma insistência cruel. Nosso objetivo principal era que Peláez deixasse a escola, embora fôssemos nos contentar com o seu pedido de perdão. Mas ele não se dava conta de nossas intenções e continuava assistindo às aulas diariamente.

---

*Comida típica mexicana, semelhante ao sanduíche, constituída de duas partes de uma espécie de pão de sal recheado com vários tipos de alimentos, tais como queijos, presunto, embutidos, ovo, folhas, geleias, carnes, guisados, tomates, cebolas, abacate ou o próprio guacamole, maionese, feijões, tipos de chili e até mariscos. Podem ser comidas frias ou quentes. (N. da T.)

Certa manhã, nos reunimos para discutir o caso de Peláez.

— Este babaca não entende — falou Enrique.

— Ou está se fazendo de muito digno — disse Eduardo.

— A verdade é que ele está com medo — acrescentou Pablo —, é um dissimulado.

— Vamos enfiar a porrada nele de vez — disse Rodolfo —, a gente vai lá e acaba com a raça dele.

— Mas você pode matar ele de pancada — disse eu ao gordo.

— Pois é, Rodolfo, melhor deixar com a gente — continuou Carlos.

— Beleza — respondeu. — Então vocês dão a surra: Eduardo, Enrique e você, combinado?

— Combinado.

— Amanhã mesmo a gente coloca ele no seu devido lugar.

No dia seguinte, na hora do recreio, nos juntamos e fomos atrás de Peláez. Nós o encontramos sentado em um banco afastado no pátio de recreação. Comia tranquilamente seu lanche e retirava com cuidado as partes com sabão. Ao ver nossa chegada ameaçadora, levantou-se.

— Viemos quebrar a sua cara — dissemos em coro.

— Por quê? — nos perguntou.

— Porque gosta do Hernán Cortés e nós não simpatizamos com os gachupins* — falou o gordo Rodolfo com arrogância, ainda apontando Carlos, Enrique e Eduardo — e estes aqui vão lhe sentar o cacete.

— Estes aí?

---

*No México, *gachupín* é um termo pejorativo surgido na época colonial, usado para denominar os nascidos na Espanha. Expressa o ressentimento *criollo*, os quais achavam injustos os privilégios recebidos pelos espanhóis na América colonial. Encontra-se também a grafia *cachupín*. (N. da T.)

— É.

— E por que não quebra a minha cara você sozinho, já que se acha tão macho? — Peláez provocou bravamente.

Nós ficamos perplexos. Nos seis anos que passamos juntos no fundamental, ninguém, absolutamente ninguém, tinha se atrevido a desafiar o gordo. Até os do secundário tinham medo dele. Ele riu com sarcasmo:

— Quando quiser, boiola ...

— Depois da saída.

— Beleza.

A manhã passou e não conseguimos nos concentrar um só minuto nas aulas. A briga ocupava completamente nossos pensamentos e a desfrutávamos com antecedência. Sabíamos bem que o gordo ia fazer o Peláez em pedacinhos. Assim o traidor pagaria por sua ousadia.

As aulas pareciam não acabar quando por fim tocou o sinal. Saímos depressa e nos reunimos todos fora da sala. Felizes da vida, demos um tapinha nas costas de Rodolfo.

— Vamos, campeão.

— Acaba com ele, sem piedade.

Por comum acordo entre Peláez e o gordo, a briga ocorreria nas quadras de basquete que ficavam a dois quarteirões da escola. Fomos para lá. Entre a gente, Rodolfo já adiantava orgulhoso a sua vitória. Vinte metros atrás e sozinho, Peláez nos seguia.

Chegamos ao campo de batalha. Peláez tirou o relógio e a camisa, guardou-os na mochila e a colocou debaixo de uma árvore. O gordo tirou a camisa e a jogou para um lado. Sem camisa dava para ver como ele era enorme. E a luta começou.

— Vai, gordo, vai!

— Quebra a cara dele!

— Bate nas costelas do puto.

— Mete a porrada nele!

O gordo começou a briga zoando o adversário, fazendo fintas de um lado para o outro. Peláez, por sua vez, se mantinha sério, com o olhar fixo no rival. Rodolfo deu um golpe em pleno ar e derrubou Peláez. Ficamos rindo dele e o gordo levantou o braço triunfante.

— Esse imbecil não vai aguentar — disse.

Era divertido ver nosso inimigo comendo poeira. De repente, Peláez se levantou com tanta determinação que calou nossas risadas. Seu rosto transbordava raiva. Nunca tinha visto alguém assim.

Peláez se lançou enfurecido contra Rodolfo. Seus punhos — rapidíssimos — golpearam com precisão a cabeça do gordo, fazendo-a sacudir ostensivamente.

— Viu só — me disse Alejandro —, o Peláez está ganhando... — não tinha terminado de falar quando Rodolfo caiu derrubado.

— Para, para...

Fomos todos ajudá-lo a se levantar. Tinha o nariz sangrando e um dos lábios aberto. Sua cara denotava medo, um medo real.

Assim que o colocamos de pé, o Peláez já vinha novamente pra cima dele. O grande valentão já não queria mais briga e, encolhido, tentava se proteger. Em vão, porque as mãos de Peláez estatelavam com força contra a sua cabeça e seu corpo.

Rodolfo recuou vários metros até que, de repente, Peláez o acertou no maxilar com um golpe seco. O gordo caiu derrotado.

Ficamos em silêncio, surpresos. Peláez fitou seu adversário estirado no chão e logo virou para nos olhar com desprezo. Chupou o sangue que escorria de um dos nós dos dedos, limpou o suor da testa, colou a camisa e o relógio e foi para casa.

Julián e eu o alcançamos.

— Boa briga, Antônio — eu lhe disse, evitando chamá-lo de Peláez.

Não me respondeu e seguiu seu caminho sem nos dar muita bola. Depois de um tempo sem que nenhum dos três dissesse nada, Peláez parou.

— E agora, o que vocês querem, seus puxa-sacos?

— Nada — respondeu Julián, sem graça.

— Como assim, nada? — indagou.

— Bem... é...

— Queremos saber por que escolheu Hernán Cortés.

Peláez suspirou fundo e, sem nos encarar, com o olhar distante, respondeu:

— Porque ele descobriu a América.

Ultimato violeta

Para Hugo Hiriart

1

Tudo começou com um carrapato que se agarrou ao braço do meu irmão Luis. Ele grudou lá durante uma das tantas caçadas que fazíamos e foi descoberto numa manhã enquanto meu irmão tomava banho. Ele saiu do chuveiro enrolado na toalha e foi mostrar orgulhoso o bicho ao meu filho Josué.

— Olha só o que eu tenho aqui — disse, mostrando o braço.

— O que é isso? — perguntou Josué.

— Um puta carrapato.

Nós três ficamos lá observando o bicho. Estava gordo, inchado de sangue e tão agarrado à pele que parecia uma pinta.

— Não arranca não — disse eu —, senão vai infeccionar. Melhor tacar álcool pra ele se soltar sozinho.

Meu irmão parecia estar feliz de tê-lo ali incrustado.

— Josué, pega lá a lupa.

Josué veio trazê-la e Luis ficou analisando o carrapato.

— Nossa, olhem, está bem cravado — disse, ao mesmo tempo em que nos fazia olhar pela lente.

Luis tentou arrancá-lo com as unhas, mas o carrapato estava bem fincado, suas patas tinham perfurado com habilidade a pele.

— Já te disse pra não arrancar, senão a cabeça fica aí dentro e acaba infeccionando.

Luis não deu atenção: arrancou o carrapato.

2

Conforme ele havia sido avisado, depois de alguns dias apareceu uma pequena erupção avermelhada em sua pele.

— Não é nada — falou, despreocupado.

No decorrer da semana, a erupção cresceu até ficar do tamanho de uma bola de pingue-pongue cheia de pus.

— Luis, tem que colocar alguma coisa aí! Mertiolate, água oxigenada...

— Daqui a pouco passa, só está um pouco inflamado.

A infecção piorou: o inchaço adquiriu a forma de uma bola de bilhar.

— Puta merda, por que você não procura um médico? — falei, repreendendo-o.

— Esses médicos imbecis não servem pra nada.

O pus começou a brotar por conta própria, acompanhado por um líquido amarelado de consistência espessa. A pele em volta ficou arroxeada. Luis quase não conseguia mover o braço.

Assustado, dei-lhe uma bronca.

— Assim já é demais, Luis! Não quer melhorar?

— Não seja escandaloso, cara, você vai ver que amanhã isso vai passar.

E, quando chegou o dia seguinte, Luis acordou com uma febre altíssima. Ele se queixou de dores e pontadas no ombro. Nem assim mostrou interesse em receber assistência médica.

Contra a vontade dele, chamamos um médico. Luis protestou veementemente, mas não lhe demos ouvidos. O doutor chegou e tentou examiná-lo, mas ele se negou uma, duas vezes, até que a fraqueza provocada pela febre o fez se render.

O médico analisou com cuidado a ferida. Tocava nela, mexia, fazia punção, espremia. Luis deixava escapar leves gemidos de dor.

— Como você foi se descuidar tanto? — disse o médico com um gesto de reprovação.

— Fazer o quê, doutor, é a vida.

— Você está com uma infecção grave, mas ainda podemos controlá-la — disse, passando então a falar com a minha esposa. — Ele vai precisar tomar estes antibióticos, dois a cada quatro horas durante quinze dias.

Anotou em um papel o nome do medicamento e acrescentou:

— Vai ser preciso levá-lo ao meu consultório para drenar e limpar a ferida.

Minha mulher e eu escutamos com atenção as instruções, enquanto meu irmão sorria, o sacana. Assim que o médico saiu, ele disse:

— Estão vendo, esses caras não servem pra nada.

Minha esposa Enriqueta foi a que ficou mais preocupada e se encarregou de que Luis cumprisse todas as ordens do médico — mas Luis não fez a sua parte.

— Que saco, cunhadinha! Vamos fazer uma coisa? Eu tomo esses benditos comprimidos por uma semana e então, se eu não me curar, vou lá pro idiota picar o meu braço... já sabe como tenho medo de agulhas.

Enriqueta e eu concordamos.

3

Fomos os dois enganados por Luis. Ele fingia que tomava os antibióticos para depois cuspi-los. Fomos nos dar conta disso tarde demais: a infecção já havia se espalhado. Inchado, com uma coloração violeta, o braço começava a emanar um cheiro forte. A pequena ferida se transformara em uma chaga de cinco centímetros, que escorria pus o tempo todo e produzia um líquido viscoso.

4

Josué veio falar comigo com uma cara de aflição.

— Papai, não quero mais ficar com meu tio Luis, eu tenho nojo.

— Não diga isso. Não está vendo que seu tio está doente?

— Sim, mas ele fede.

5

O médico voltou e, aborrecido, nos passou um sermão por não termos seguido suas instruções. Luis ardia em febre, mas ainda continuava com sua atitude insolente.

— Por que o senhor fica procurando, doutor, eu não tenho nada.

O médico não respondia. Auscultava o paciente com seriedade, movimentando a cabeça de um lado para o outro. Luis não parava de sacaneá-lo. O médico terminou e saiu do quarto. Fui atrás dele.

— Então? — perguntei-lhe, aflito.

— Ele está com o braço completamente gangrenado.

Fiquei com um nó na garganta.

— E?

— Precisamos amputá-lo.

— O quê?

— Não temos outra saída.

Na porta de casa, me despedi dele com os olhos umedecidos. Enriqueta chegou. Estava preocupada. Eu, furioso.

— O que está acontecendo, meu amor? — perguntou-me.

— É um imbecil... um verdadeiro imbecil — respondi, choramingando. — Vão precisar cortar o braço dele.

6

Luis morava com a gente desde a morte de minha mãe e, não sei por quê, sempre achei que cuidar dele era responsabilidade minha. Entrei no seu quarto para falar com ele.

— Você está muito mal, Luis, mal mesmo.

Virou-se para mim devagar. Quase não conseguia se mexer, estava visivelmente debilitado.

— E agora, qual foi a última do idiota?

Com dificuldade, tentei explicar para ele

— Você está... o seu braço... ele está gangrenado.

— E daí?

— Daí que eles vão ter que amputá-lo.

— Não me diga que o babaca está pensando que eu vou deixar.

Eu explodi.

— Seu imbecil, sua mula, não está vendo que o seu braço está podre, ele está podre, p-o-d-r-e.

Não conseguia mais me controlar. Comecei a gritar com ele, enfurecido.

— Idiota... idiota.

Tive vontade de bater nele, de obrigá-lo a reagir, mas Luis não se alterava. Pelo contrário, deu um sorriso cínico.

— Enquanto ele não me meter o pau, está tudo bem — falou alegremente.

Saí do quarto batendo a porta. Enriqueta me deteve.

— O que houve?

— Está louco, louco.

7

Luis não aceitou ir a um hospital, nem que outro médico o atendesse. Apesar de tudo, andava de bom humor. A febre tinha diminuído e Luis voltara a zanzar pela casa. O braço, que pendia de seu corpo de maneira lastimável, tinha adquirido um tom acinzentado. A ferida, longe de cicatrizar, afundava na carne.

Enriqueta e eu pensamos em sedá-lo e levá-lo secretamente a um hospital. Uma noite, como se adivinhasse nossos pensamentos, meu irmão entrou em nosso quarto.

— Por favor — disse —, não inventem de fazer nada por mim.

— Mas é que...

— No final das contas a vida é minha, não é mesmo? — disse secamente.

— É, mas está acabando com as nossas — censurou-lhe Enriqueta.

— Querem que eu vá embora? — falou, lançando-nos um olhar duro.

— Não, não, de forma alguma — corrigiu-se minha esposa.

— Está bem, Luis — falei para ele —, não vamos fazer nada.

Luis abriu um sorriso triunfante. No final das contas, era a vida dele — e nisso tinha razão.

8

No dia seguinte, Enriqueta e Josué deixaram a casa por tempo indeterminado.

9

A casa toda estava impregnada de seu aroma pútrido. Não havia canto em que não se percebesse a catinga de sua decomposição. Era tão repugnante que ficava difícil comer, beber, dormir. Uma náusea permanente me subia à garganta. Eu queria abandonar Luis, deixar que apodrecesse sozinho, mas o sentimento de solidariedade fraterna sempre acabava vencendo.

Luis continuou sua vida normal sem sair de casa. Lia o jornal, via televisão, tomava o café da manhã de sempre: um café e ovos mexidos. Não parecia dar a mínima para o seu estado.

Um dia, tirou a camisa na minha frente. O braço infectado pendia morto de seu corpo, coberto de tiras escuras de pele necrosada. O ombro e o topo das costas tinham adquirido a tonalidade parda da gangrena. Por dentro, a camisa estava encharcada do fluido malcheiroso. Tive que me segurar para não passar mal.

10

Em poucos dias a gangrena se estendeu pelas costas, pelas nádegas e pela parte de trás das coxas. Meu irmão já não se vestia mais e caminhava com dificuldade. O pus escorria por seu corpo e o odor que exalava tinha se tornado insuportável. Para ficar próximo dele, eu precisava tapar a boca, embora começasse a me acostumar ao espetáculo de sua carne putrefata.

Às vezes nos sentávamos para conversar no meu quarto. O assunto recorrente era o da nossa infância. Ele gostava de se lembrar das partidas de futebol que jogávamos juntos. Depois aconchegava sua carne imprestável na poltrona e dormia.

11

Finalmente chegou o dia em que seu corpo inteiro apodreceu. Somente a cabeça se salvou. Falava arrastando as palavras, com a língua enrolada. Já não podia mexer nenhum dos músculos inúteis. A febre o fazia delirar. Gemia. Gritava:

— Os gorilas... os gorilas...

— Não tem nenhum gorila, Luis, nenhum — dizia-lhe, procurando acalmá-lo.

— Os gorilas... os gorilas...

Arregalava os olhos. De sua boca escorria uma baba espessa, que deslizava lentamente. E eu chorava.

12

Uma tarde Luis me chamou. Estava sereno e calmo.

— Vem cá, por favor — disse-me. Eu me aproximei dele. — Tenta me colocar sentado de frente pra janela, pode ser?

Eu o levantei no ar — pesava muito pouco àquela altura. Acomodei-o em uma poltrona bem no seu lugar preferido. Pela janela, via-se a paisagem urbana, nublada, cinza. Escurecia e algumas luzes se acendiam na casa da esquina. Luis sorriu e começou a cantar. As palavras saíam fáceis de sua boca e sua voz não travou nem uma só vez. Acabou e voltou a sorrir.

— Tá olhando o quê? — perguntou.

— Nada.

— O que foi?

Não respondi.

— Tempo feio esta tarde, não é?

— Um pouco... — respondi com a voz entrecortada.

— Nem imagina o quanto eu gostaria de caçar de novo. Vamos?

Sorri entristecido. Luis sorriu comigo.

— Você está chateado.

— Por que fez isso?

— Porque sim.

Ao longe se escutou o apito de um trem. Luis imitou o som.

— Tuuuuuu... tuuuuu... tuuuuu

Calou-se e fechou os olhos. Foi a última coisa que ouvi dele.

13

Tivemos que nos mudar. O aroma putrefato de Luis tinha se fixado em cada parede, em cada canto. Seu fantasma se apresentava para nós na forma de lufadas fedorentas.

14

Enriqueta e eu nos distanciamos. O contato de nossos corpos nos era repugnante e a sensação que ambos tínhamos ao fazer amor era a de acariciarmos peles purulentas. Não aguentávamos mais e logo nos divorciamos. Ela partiu com Josué para morar na casa de alguns parentes, longe daqui.

15

Hoje voltei a caçar e descobri um carrapato agarrado à minha panturrilha direita. Decidi arrancá-lo.

Rogelio

Para Alan Page

Rogelio não se tocava de que já estava morto ou simplesmente se recusava a aceitá-lo. Por isso, de vez em quando saía da cova onde estava enterrado e não era difícil encontrá-lo comendo em algum restaurante perto do cemitério. De vez em quando, ia nos visitar no Retorno e passava longas horas conversando sobre os velhos tempos. Obviamente, muitos de nós tentávamos convencê-lo de que ele já era um cadáver e que fedia bastante. Não nos dava bola e, com o maior descaramento do mundo, aparecia em qualquer lugar a qualquer hora.

Uma noite o acompanhei de volta à sepultura. Conversamos um bom tempo sobre tudo o que passamos juntos quando ele ainda era vivo. Compramos algumas cervejas e ficamos bêbados. Foi divertido. Rimos. Aproveitamos. Choramos. Ao amanhecer, ele se despediu com um sorriso. Acomodou-se em seu caixão e fechou a tampa. Nunca mais tive notícias suas, porque, na mesma madrugada, morri atropelado e minha mulher... minha mulher decidiu me cremar.

O rosto apagado

Para Guadalupe Alarid,
lá se vão trinta e nove anos

Quando completei seis anos fizeram uma festa para mim. Foi num sábado — sei disso porque vi num calendário daquele ano. Tenho lampejos de memória desse dia. Lembro-me vagamente de alguns colegas da minha sala da pré-escola que nunca mais revi e cujos nomes confundo. Recordo de um palhaço escandaloso, de uma *piñata* em forma de nave espacial verde, listrada de vermelho nas pontas, e de um bolo de baunilha com cobertura de chocolate. Lembro-me da minha mãe aplaudindo, do meu pai puxando a corda da *piñata*, das minhas tias de Sinaloa me cumprimentando com um beijo, dos meus avós me dando de presente um carrinho de rolimã amarelo. Lembro-me também do meu cachorro amarrado ao tronco da figueira, latindo para as crianças que corriam em volta dele. No entanto, o de que mais me recordo é Laura, minha irmã caçula, vestida de pijama, aparecendo na janela de seu quarto, nos olhando quebrar a *piñata* enquanto chupava um pedaço de cana-de-açúcar. Havia chorado a manhã toda: não tinham deixado que ela saísse para a festa: já estava há três dias com febre e dores musculares.

Uma semana depois, da mesma janela, observei como meus pais a envolviam numa coberta azul para colocá-la em um automóvel e levá-la ao hospital. Foi a última vez que a vi.

Na terça ou quarta-feira seguinte — a oscilação da memória me impede de recordar com clareza — foi minha avó e não minha mãe quem me buscou na escola. Falou com a professora durante alguns minutos e me levou para sua casa. No caminho, disse-me que Laura estava doente, que meus pais tinham que cuidar dela e que logo ficaria bem. Estava mentindo: minha irmã tinha morrido algumas horas antes.

Fiquei com minha avó por quatro dias, depois mais quatro com minha tia Carmina e outros três na casa do meu tio Pablo. Nenhum deles voltou a me dizer nada sobre minha irmã. Muito menos meus pais quando falavam comigo ao telefone. Durante todo esse tempo, não fui ao colégio. Pela manhã, quem cuidava de mim era Beatriz, a mais jovem de minhas tias, que aos poucos ia largando pela metade nossas brincadeiras para ficar absorta, com o olhar fixo em algum ponto.

Durante as tardes, minha tia Carmina ou meu tio Pablo me levava para tomar sorvete, ou ao parque de diversões, ou então para fazer compras, sempre procurando entreter-me com falsa alegria.

Não entendi exatamente o que estava acontecendo até voltar para casa e descobrir a ausência de Laura e de tudo aquilo que ela significava. Faltava ela por completo: sua voz um pouco rouca, suas risadas, seu andar inquieto, os móveis de seu quarto, suas cortinas cor-de-rosa, suas bonecas, seus frascos com doces, sua roupa, seus desenhos feitos a giz de cera. E faltavam — sobretudo — suas fotografias.

Não restou na casa o menor indício do que fora Laura: meus pais tinham decidido se desfazer do mundo de sua filha morta.

Com o passar do tempo, até seu nome deixou de ser pronunciado. Quando perguntados a seu respeito, meus pais respondiam balbuciando frases ininteligíveis para logo em seguida mudar de assunto. Depois o silêncio sobre Laura se estendeu ao restante da família. Era como se ela nunca tivesse existido.

Seu desaparecimento me deixou muito triste. Sentia falta dela, principalmente durante as tardes, quando costumávamos brincar de esconde-esconde, de carrinho, de vestir e desvestir bonecas, de atirar com pistolas d'água. Embora fôssemos de sexos opostos, nos entendíamos muito bem e era difícil brigarmos.

No início, meus pais se esforçaram para aliviar minha solidão. Contavam histórias para mim ou me levavam ao cinema. Logo suas próprias feridas fizeram com que se concentrassem mais em si mesmos, de modo que foram me abandonando pouco a pouco até deixarem de me dar atenção. As tardes se tornaram um mudo passar de horas que me causavam tédio e angústia.

Minhas lembranças de Laura foram se desbotando e comecei a me esquecer de seus traços, seus gestos, seu jeito de olhar. Seu rosto ia se perdendo e não havia em parte alguma fotografias suas para que eu pudesse recuperá-lo. Sua imagem se reduziu basicamente a um único momento: aquele em que, envolta em um cobertor azul, ela partia rumo ao hospital. Foram dias difíceis que agora tenho como os mais amargos da minha vida. Para mim, teria sido muito mais fácil superá-lo se houvesse tido a oportunidade de me despedir dela, de falar com ela, de brincar com seus brinquedos até que não servissem mais, de lhe mandar um beijo no seu caixão. Meus pais acharam o contrário e, ao tirá-la de mim assim, de súbito, me deixaram sem chão. Sequer me disseram o dia exato de sua morte, tampouco que morreu. Fiquei com a ideia de que a morte era algo muito avassalador.

Uma tarde, enquanto brincava na sala, coloquei a mão por entre as almofadas de um sofá procurando uma moeda que caíra bem no fundo. Encontrei a cabeça de uma boneca, a favorita de minha irmã em uma época. Fui invadido por uma felicidade triste. Sem querer, Laura deixara um rastro de si mesma que violava o confisco protetor dos meus pais.

Comecei a explorar a casa, e assim encontrei uma chupeta empoeirada debaixo da geladeira, um chinelo no fundo da dispensa e um desenho amassado e sujo entre as ferramentas enferrujadas do meu pai. Minha arqueologia fraterna, mesmo com seus poucos achados, de certa forma permitiu que eu me reencontrasse com Laura.

Sete meses depois de sua morte, minha mãe anunciou em um jantar de família que estava grávida. Minha avó lhe deu um abraço e meu pai brindou com meus tios. A notícia me enfureceu: tomei aquilo como um ato desleal de meus pais com relação a mim e a Laura.

A gestação do meu irmão Javier foi cheia de cuidados desde o começo. Ao primeiro sinal de enjoo minha mãe se deitava na cama e ficava lá sendo mimada pelo meu pai e pela minha avó. Fiquei muito ressentido com essa gravidez excessivamente vigiada, que me furtava ainda mais o carinho materno.

A gravidez transcorreu sem complicações e o parto foi normal. Meus pais, agora eu entendo, consideraram o nascimento de Javier uma oportunidade de superar a perda de sua filha. Assim, Javier cresceu sob o signo de uma ausência que ainda provocava medo e dor e que fez dele um menino superprotegido e inseguro.

Logo travei uma rivalidade cega e desigual com meu irmão. Não perdia a oportunidade de importuná-lo, fosse interrompendo bruscamente seu cochilo vespertino, quebrando seus brinquedos, ou simplesmente chateando-o com beliscões nas pernas. Fazia essas coisas sempre escondido para não ser flagrado pelos meus pais. Quando descobriram, colocaram-me de castigo com rispidez e proibiram-me de chegar perto dele, o que aumentou em muito os ciúmes que eu sentia.

Aos três anos de idade, Javier já havia se tornado um garotinho mimado e sensível, que choramingava por qualquer coisa. Eu o comparava o tempo todo com Laura e, nessas comparações, ele saía perdendo. Lembrava-me de Laura como uma menina tranquila e doce e simplesmente não suportava Javier. Minha guerra pessoal contra ele cessou quando nasceu Martín, meu outro irmão. Nessa época, eu já completara 11 anos e não me interessava mais pentelhar uma criança de quatro. Além disso, a atenção voltada ao recém-nascido permitiu que Javier se livrasse um pouco da asfixiante preocupação de meus pais e sua personalidade ficou menos problemática. Pelo menos seus berreiros repentinos, tão irritantes, diminuíram. Martín acabou ficando parecido com Laura em vários aspectos. Assim como ela, tinha o cabelo cacheado e as pernas ligeiramente arqueadas. O temperamento era quase idêntico, com um senso de ousadia que lhe fazia cometer atos um tanto arriscados para uma criança, como saltar do alto de beliches ou fazer carinho em cachorros desconhecidos. Nunca consegui me dar bem com ele: a diferença de idade era grande demais.

Tanto Martín quanto Javier cresceram sem ter uma noção clara de Laura. Mais que uma irmã, ela era uma abstração, um ser volatizado em um período remoto da história familiar. Nada os ligava a ela. Não bastava terem dividido o mesmo buraco dentro das vísceras maternas, terem sugado a vida dos mesmos mamilos, ou compartilhado o sangue. Não, para eles Laura era somente uma frase, uma descrição nebulosa.

A chegada da adolescência azedou meu temperamento. Discutia com meus pais frequentemente, pois no fundo não lhes perdoava pelo modo como tinham erradicado a lembrança de minha irmã. Enfurecia-me que festejassem os aniversários dos meus irmãos, enquanto omitiam a data em que nascera a minha irmã morta.

Nunca fizeram alusão ao dia impossível em que Laura teria completado 5 anos. Quando os indaguei em uma reunião de família não disseram nada e continuaram jantando, impassíveis.

Terminando o jantar, minha tia Beatriz me levou até um quarto para falar comigo. Pediu-me que esquecesse, que de nada adiantava remexer um passado já quase superado por toda a família, e disse-me ainda que, por mais que quiséssemos, não podíamos fazer nada para trazer Laura de volta. Furioso, gritei para ela que estava farto de tanto silêncio e segredo, que nem mesmo sabia do que minha irmã tinha morrido e que, de tanto meus pais a dissimularem, já não conseguia me lembrar dela.

Beatriz abriu a bolsa e de sua carteira tirou uma pequena fotografia de Laura. Entregou-a para mim e chorei de novo ao ver seu rosto. Minha tia me abraçou e disse que eu não podia imaginar o quanto meus pais tinham sofrido e como eles haviam se esforçado, talvez de forma equivocada, para que eu não me magoasse.

Chegaria o momento — falou para mim — em que ela mesma me revelaria tudo sobre a morte de minha irmã, e que então eu descobriria como ela havia sido dura. Chorei longamente e, quando enfim voltamos para a sala, encontramos sozinho o meu pai, que também chorava.

Guardei a fotografia junto com os demais objetos de Laura. Sua imagem, as palavras de Beatriz e o choro de meu pai apaziguaram minha ânsia e minha fúria. No entanto, o segredo em torno de Laura continuou por vários anos. De algum modo aceitei as regras do jogo e comecei a me esquecer e, sobretudo, a compreender. Casei-me e tive duas filhas e um filho. À maior, demos o nome de Raquel, como sua mãe. À outra, Natália, e ao meu filho, Rodrigo, como eu.

Meu pai morreu e quase em seguida minha mãe. Pouco depois, minha tia Beatriz me chamou para dizer que tinha algumas coisas que minha mãe lhe dera para guardar e que queria entregá-las para mim. Eram duas caixas de papelão fechadas com fita adesiva. Ao abri-las, deparei-me com resquícios do meu passado.

Ali, organizadas cronologicamente, estavam dezenas de fotografias de minha irmã. Havia também alguns brinquedos, seus desenhos, suas blusas; um pequeno baú com cachos, laços, moedas e um prego prateado; o livro *O pequeno polegar* que minha mãe lia pra gente todas as noites por ser o nosso favorito. Além disso, uma fita cassete que trazia canções gravadas por nós dois. Nela, pude escutar nossas risadas, sua voz um pouco rouca, suas brincadeiras, as frases jovens de minha mãe. Em uma das caixas descobri algumas cartas. Eram de minha mãe para Laura depois de ela ter morrido. Relatava nelas os acontecimentos do mundo que seguia sem ela, dando notícias de meu pai, de minha avó, minhas. Algumas eram inclusive recentes, de somente dois ou três anos atrás. Cada linha escrita trazia a sensação de uma culpa desmedida, de uma dor jamais digerida.

Contemplei as fotos e os pertences de minha irmã ao longo da noite e da madrugada. Escutei a fita cassete mais algumas vezes. As lembranças voltaram nítidas e, longe de me ferirem, reconciliaram-me com o passado.

No dia seguinte, mostrei aos meus filhos o conteúdo das caixas. Falei com eles sobre Laura, dei-lhes de presente seus brinquedos para que com eles brincassem, até que não servissem mais. Deixei que desenhassem sobre os desenhos dela e que vestissem e desvestissem suas velhas bonecas. Aos meus irmãos, dei alguns dos objetos antigos. Para Javier, o pequeno baú e as cartas de minha mãe. Para Martín, as blusas, para que sua filha pequena as usasse.

Convidei minha tia Beatriz para jantar em um restaurante, só nós dois. Queria descobrir logo como minha irmã havia morrido. Beatriz já sabia e, portanto, sem rodeios, narrou para mim a causa da morte de Laura: ela tinha ido com uma excursão da escola a um pequeno zoológico particular. A ideia era que as crianças convivessem com espécies tanto selvagens quanto domésticas e que pudessem alimentar cabras, recolher ovos de pato, sentir a pele de uma cobra, acariciar veados.

O zoológico estava cheio no dia, pois haviam coincidido as visitas de três escolas diferentes. Foi preciso sortear a entrada nas diversas jaulas e currais. Laura ganhou a oportunidade de carregar um filhote de raposa cinza. Ao levantá-lo feliz para mostrar a uma amiga, o filhote a mordeu no dorso da mão esquerda. Rindo com nervosismo, minha irmã soltou o animal, deixando-o cair de uma boa altura. A professora olhou sua ferida e, ao ver que se tratava de um corte superficial, disse-lhe que com um pouco de saliva ela ficaria boa.

Minha irmã voltou para casa com um band-aid na mão e uma história, sem saber que carregava inoculado no sangue o furtivo vírus da raiva.

Minha mãe não deu a menor importância à ferida e, quando descobriram que a raposa era portadora da doença, minha irmã já apresentava sintomas avançados.

Não houve esperança. Laura morreu de forma atroz em um quarto sem luz, entre ondas crescentes de convulsões e espasmos que a asfixiaram, de mãos dadas com meu pai.

Quando Beatriz terminou seu relato, seu rosto não denotava emoção. Era como se houvesse contado a história várias vezes e já tivesse chorado o suficiente. Olhei à minha volta, nossos vizinhos conversavam, riam, comiam, enquanto na minha mesa o tempo parecia suspenso. Beatriz retomou aquela expressão abismada de quando deixava nossas brincadeiras pela metade. Eu quis dizer algo, mas não consegui. Paguei a conta e saímos em silêncio.

Cheguei em casa e entrei no quarto dos meus filhos. Os três dormiam. Natália abraçada a uma das bonecas de Laura.

Entrei no meu quarto. Raquel me esperava recostada na cama, lendo uma revista. Perguntou-me como tinha sido e lhe respondi secamente que ok. Queria que ela me deitasse ao seu lado, me abraçasse e me dissesse que estava tudo bem. Limitei-me a dar-lhe um beijo na testa.

Ela apagou a luz e eu desci para a sala. Escutei a fita cassete. Quando terminou, tirei-a do aparelho e quebrei a fita, deixando-a em pedaços, assim como todas as fotos que achei de Laura. Subi novamente para o meu quarto, enfiei-me na cama e fechei os olhos. Lembrei-me da minha irmã embrulhada no cobertor azul prestes a partir para o hospital e chorei por toda a noite.

195

Para Federico Patán

1

Rómulo retira o pênis exausto da fenda pegajosa da mulher e envolve seu corpo com os lençóis puídos. Serafina aproxima-se dele, abraça-o com uma força serena e lhe sussurra ao pé do ouvido que está grávida e já conta 45 dias de gestação do novo ser. Rómulo se levanta da cama e olha espantado para o pequeno corpo feminino, suado, nu. Algo dentro dele o faz reagir com medo, temer o seu próprio sangue. Imagina o filho como um provável inimigo, como uma corrente interminável que irá se prender ao seu pescoço, afogando-o e arrastando-o por toda a vida até a mulher que agora o observa com um olhar doce, de quem ainda não foi abandonada pela energia do orgasmo.

— Não gostou da notícia, meu amor? — pergunta a mulher em cujo ventre se desencadeia um processo que Rómulo gostaria de interromper.

— Não sabe o que dizer, é? — disse ela com uma voz monótona, segura, maternal e sim, ele não sabe o que dizer, mas intui que nela está escondido alguém que lhe deve causar medo: o ser que, oculto na barriga inchada, espera o momento exato para vencê-lo.

— Você tinha me dito que estava se cuidando — reclama ele, mas ela cantarola um "*no hay problema... no hay problema*" e continua: "*un hijo y más, más amor de ti*" e ele acha que ela acha que esse ser vai unir os dois, trazendo responsabilidades estúpidas com o estúpido pretexto de que são pais de um terceiro que ele não deseja nem quis e a quem teme e que é gestado naquele quarto sujo e malconservado, sem que possa fazer nada para evitar isso.

— Vem, meu amor... vem, deite aqui comigo... — e ela ergue os braços em sua direção, com aquela força feminina, opressiva, constante, que Rómulo sabe poder levá-lo até aquele ser que algum dia (ele intui) o destruirá.

Por mero reflexo Rómulo pronuncia um fraco "não". Ela volta a erguer os braços, como uma anêmona, como se tramasse uma cilada, a mesma cilada que a mãe de Rómulo colocou em prática por meio do filho para recuperar seu pai, o pai que os abandonara quando Rómulo nasceu e que tentou fugir, sem sucesso, pois o seu filho, que cresceu sob a ausência dilacerante do pai, decidiu se vingar daquele abandono, procurando-o durante anos, até encontrá-lo e subjugá-lo a golpes e insultos e obrigá-lo a cumprir seu papel de pai, mas como um pai velho e vencido, destronado de sua condição de homem e sentado contra a vontade no trono das figuras paternas, que, apesar do esforço do filho, são irrecuperáveis.

Assim, a mãe inundou o lar de um carinho vingativo, deixando o pai de mãos atadas sob o peso de uma moral familiar inflexível, observada diariamente pelo filho. E o pai quis fugir, mas não conseguiu, porque o filho bloqueou todas as saídas com violência, com a violência que somente o mesmo sangue possui. Mas o pai conseguiu escapar quando arrebentou a cabeça com uma bala calibre 22, preferindo a morte a continuar sendo maltratado e subjugado. Agora Rómulo-filho se descobre como um Rómulo-pai que repete o erro, que germina uma mulher que não ama, que não deseja, mas que utilizará o filho para fazê-lo voltar, impedi-lo: vencê-lo.

Ela insiste:

— Vem, meu amor, vem... — e ele repete seu o "não" inseguro, medroso. Tranca-se no banheiro. Olha no espelho a rigidez do rosto no qual confluem todas as emoções: o amor com a paixão, a paixão com o medo, o medo com o ódio. O medo com o ódio. Pega sua roupa e veste-se depressa. Do lado de fora, a mulher dá vazão de novo à sua voz:

— Vem, Rómulo... vem...

Rómulo abre uma janela que dá para o terraço do hotel e foge.

2

É noite. Serafina se senta na cama e pega a fotografia que descansa sobre o criado-mudo. Já se passaram 124 dias desde seu último encontro com Rómulo e a fotografia que agora contempla não é a dele, porque agora Rómulo é um aroma, a sensação de antigas carícias, a lembrança de seu peso sobre ela enquanto faziam amor, o hálito ardente em sua nuca, as palavras pronunciadas como vagas promessas de uma longa união, mas, sobretudo, ele é a metade do ser que carrega nas entranhas. E o Rómulo que Serafina conserva é agora um novo Rómulo, um que ela criou, dissipando a figura original para convertê-la em um Rómulo domado: um Rómulo que não tivesse fugido dela, mas sim partido por algum motivo urgente e que algum dia voltaria; um Rómulo que ela apresentaria ao filho como um homem generoso; um Rómulo que tivesse estacionado em seus sonhos e que jamais conseguisse escapar e fosse para sempre amante, para sempre companheiro. Um Rómulo que vibrasse ainda mais quando ela desse à luz o ser que habitava seu ventre e que carregava tanto dele, de Rómulo, que tinha saudades, um filho... dele.

3

Correu e correu até não aguentar mais, até seus pulmões não darem mais conta. Arquejou. Dentro de sua mente, amontoavam-se as imagens da mulher nua, da mulher prenha que acabara de abandonar e que ainda o aterrorizava.

Tentou ficar calmo. Começou a caminhar. As pernas tremiam a cada passo que dava. O suor lhe escorria pela testa e umedecia as sobrancelhas negras e espessas. O barulho da rua se converteu em um rumor surdo que ele quase nem percebia. Perambulou sem rumo até chegar a um banco vazio num parque vazio onde a tarde de domingo acabava. Os pardais, escandalosos, reuniam-se em árvores próximas em busca de um refúgio noturno. Rómulo suspirou fundo, deitou sobre o banco e ali adormeceu.

4

Quando Serafina sai à rua exibe, à frente, a prova de sua gravidez com um orgulho quase prepotente.

Caminha pelo Retorno com aquele andar barrigudo, feliz a cada passada com o vaivém da barriga, desafiando assim os comentários maldosos, as fofocas cruéis, os mexericos e os olhares inquisidores que param logo na curva protuberante no meio do seu corpo. Não dá a menor importância. Vai ser mãe e cumprirá perfeitamente o papel arcaico de trazer a vida, de expulsá-la ao mundo para defendê-la contra tudo, do jeito que só as mulheres sabem fazer.

5

Na tarde em que Rómulo abandonou Serafina, ele não se deu conta — não fez a mínima ideia — de que ela o chamara mil vezes e que, ao não encontrá-lo, tinha abraçado a almofada e chorado; que ela passou aquela tarde de domingo no hotel e a noite também, buscando por entre as dobras do lençol o cheiro, o rastro dele, e que massageara o ventre com amor, consolando-se com o fato de que dentro dela havia restado alguma parte sua. Ele não ficou sabendo, nem fez ideia de nada naquela tarde de domingo porque só pensava em fugir para o mais longe possível.

6

Todas as manhãs, Serafina sai para fazer compras. Sabonete, azeite, peito de frango, coentro, sal. Compra tudo no “La Escondida”, uma espécie de mercadinho que fica no Retorno 202. Lá, joga conversa fora com a dona do lugar, falam do clima, das novelas. Serafina guarda as compras na bolsa e volta para a casa de seus patrões.

No caminho vai falando, mas não fala sozinha, fala com o filho. Descreve para ele o que ele ainda não vê, mas verá logo. Diz-lhe palavras doces, como se o embrião pudesse entendê-las.

E ostenta a barriga para o mundo, como se todo o mundo fosse a sua barriga.

7

Quando Rómulo fugiu, não foi embora da cidade. Achou que poderia escapar melhor refugiando-se nas vaginas de outras mulheres. Por isso, noite após noite dormia com uma diferente, seu falo ansioso vasculhando dentro delas em busca do caminho que o afastasse da mulher que tinha engravidado. Foi inútil: a corrente interminável que vinha das entranhas de Serafina o agarrou pelo pescoço e começou a asfixiá-lo, enforcando-o ainda mais quando ele tentava fugir, e em cada uma das mulheres com quem transava estava oculta a força feminina, solidária, que faz lembrar que a vida brota em seus ventres. Não tinha saída: elas eram também elos da corrente, uma lembrança do filho por vir e que grita na consciência do homem que o despreza antes mesmo de ele nascer. Rómulo sabe disso: o filho não desistirá até achá-lo e subjugá-lo. Rómulo decide: vai voltar, é inevitável.

8

Ela contou com precisão: haviam se passado 170 dias desde a concepção e 125 dias que Rómulo a abandonara. Mas ela não sabe e nem poderia imaginar que Rómulo tinha voltado ao bairro, que está à espreita, que a segue de longe, que a observa fazer suas compras e conversar com a dona do "La Escondida". Ela não sabe — não faz a mínima ideia — que ele chega a escutar o que diz quando fala sozinha (é que ele não sabe com quem ela está falando, porque não carrega ninguém nas entranhas).

9

Está perto, muito perto. A arapuca está ali, no corpo disforme. Por quê? Por que a maldição tem que vir do próprio sêmen? Ele voltou, não por ela, mas pelo outro, por aquele que se balança comodamente à espera do momento oportuno para atacar.

O sangue que teme o sangue.

10

Rómulo pensa: o filho sai da mulher. Brota dela e vai embora. Depois de tê-lo junto aos intestinos, de senti-lo na garganta, na boca, na pele, de perceber como um só os batimentos dos dois, o filho, que emerge com dor, afasta-se e a mãe busca a todo custo retê-lo, voltar a torná-lo seu, incorporá-lo para sempre ao mundo de suas vísceras.

Para o homem, o filho que emerge é um ser desconhecido que, ao sair da fenda materna, busca o pai, seus intestinos, sua garganta, sua boca, sua pele. É um ser que quer absorver o pai e não permitir que ele fuja.

Agora Rómulo sente medo do pequeno feto, como se este quisesse engoli-lo para encarcerá-lo junto a ele nas entranhas da mãe, fazê-lo compartilhar a mesma cela, a caverna avermelhada e viscosa que guarda e aprisiona a vida.

11

O olhar do homem examina cada canto do Retorno, cada um de seus habitantes. Os olhos espreitam a rua, percorrem delirantes o traço retilíneo. Ela sai. Carrega a bolsa de compras no braço, a barriga ereta, ameaçadora. Ele se esconde. Ela não o vê e passa direto. Rómulo engole em seco e some.

12

O volume da televisão ensurdece menos que os gritos das crianças. Serafina, sossegada em uma cadeira, tenta acompanhar os detalhes de uma novela. Queta, do quarto de cima, manda as crianças calarem a boca. Gonzalo, com seu aspecto de lagarto, lê recostado em uma poltrona. Marisa conversa ao telefone com uma amiga da escola. Lá fora, na rua vazia e escura, escondido debaixo de um poste de luz com a luminária quebrada, Rómulo contempla esperançoso as sombras nos janelões, tentando adivinhar qual delas é a figura que procura.

13

A ação se repete uma e outra vez. Rómulo espia a silhueta volumosa que todas as manhãs vai até o "La Escondida". Acompanha cada um de seus passos, adivinha suas emoções, o prazer de sua gravidez. Já descobriu que ela fala com seu filho (Seu fi-lho).

Numa tarde de sábado, Rómulo percebe movimentos estranhos na casa. Gonzalo carrega algumas malas e as coloca no bagageiro de um carro que Rómulo não identifica. Um homem, que ele também não conhece, o ajuda. Queta sai de casa com as crianças, que aproximam-se às pressas do carro. Marisa se apoia no batente da porta e se despede dos pais. Ao seu lado, Serafina recebe instruções.

— Você fica responsável pela Marisa, hein. Voltamos na segunda. Tome aqui o telefone do hotel onde vamos ficar em Cuernavaca. A senhora Carlota também está com ele anotado. Se acontecer qualquer coisa ou você precisar de algo, avise a gente.

— Sim senhora.

— Então está bem... e cuide direitinho do meu bebê.

14

O automóvel arranca e some rapidamente. As duas pequenas figuras se despedem efusivamente e ele, encolhido, as observa. Contempla Serafina. Ele não a ama. Não a quer junto dele. Não deseja seu carinho, nem suas palavras carinhosas, nem sua gordura progressiva. Assim como seu pai tampouco desejava sua mãe, nem a amava.

15

A corrente o asfixia, o sufoca, o impede de dormir, de comer. Sabe que ela não é o adversário, mas sim ele, o pequeno ser em gestação que, desde as entranhas maternas, organiza o ataque que o subjugará. Foi Serafina quem lançou a corrente, e será o filho quem a apertará. É preciso arrebentá-la, livrar-se da ameaça, vencer os dois, antes que os dois o vençam, da mesma forma que ele e a mãe derrotaram seu pai.

16

Serafina pega a fotografia de Rómulo e a descansa sobre seu ventre e diz ao filho que essa imagem é a de seu pai e que logo, logo ele vai voltar.

17

Passaram-se 195 dias desde que Rómulo abandou Serafina. Anoitece e ela senta para ver televisão com Marisa. Lá fora, na rua longa e sem curvas, Rómulo observa. Espera por uma oportunidade, somente uma, que lhe permita destruir para sempre a corrente que o asfixia.

18

São sete e meia da noite e Marisa pede a Serafina que vá ao "La Escondida" comprar leite e pão para o jantar.

Serafina vai até o quarto, pega um suéter azul-claro, veste-o e sai para a rua.

19

A silhueta volumosa sai e caminha lentamente pelo asfalto escuro. Uma oportunidade. Apenas uma. Ela sente prazer a cada passo no vaivém de sua barriga. Fala com o filho. Rómulo espera. A oportunidade chega. Apressado, o homem dá a volta no quarteirão e se encolhe na ruela estreita no final do Retorno 201, que dá no Retorno 202.

20

A sombra desliza.

— Quem está aí?

Ela se assusta e cobre com os dois braços o volume de sua barriga.

— Quem é?

A corrente que aperta começa a afrouxar.

— Ah, Marisa, não brinca assim que você me assusta.

Uma oportunidade, uma.

— Sai já daí, Marisa, por favor...

A mulher recua lentamente. Uma voz:

— Já não se lembra mais de mim?

A mulher acha que conhece a voz... fica em dúvida...

— Não... quem está aí?

A voz ressurge da escuridão.

— Não lembra?

— Rómulo?

A voz se silencia. A mulher repete:

— Rómulo, Rómulo, Rómulo...

Ela deixar escapar sua alegria. Ele voltou, retornou 195 dias depois.

— Por que não me procurou?

— Eu te procurei, te procurei por todos os cantos e não encontrei.

A figura masculina se aproxima, devagar.

— Eu juro, meu amor, juro que te procurei. Fui até a obra, perguntei por você aos outros, me disseram que você tinha ido embora.

— Não.

Ele chega perto, lentamente.

— O que houve? Está bêbado?

— Não.

A mulher sorri.

— Senti saudades.

— Não.

A corrente asfixia. Uma oportunidade. Uma.

— Mas como pode achar que eu não iria te procurar (ele sabia, sabia desde o início)... você me fez sofrer, pensei que não voltaria (e por isso mandaria o filho atrás dele).

Não, não (a corrente aperta), não (já não suporta mais), não...

— Vem, vem... (a voz que flui, que penetra, que captura), vem... trago o seu filho na barriga.

E a palavra "filho" se prolongou em um gemido... na escuridão ela conseguiu divisar apenas a sombra alongada que se chocou contra seu ventre, uma, duas, muitas vezes. Sentiu os golpes rasgarem suas entranhas. Caiu. Sua boca quis articular um "Rómulo", um "ah não", um "meu amor", um "seu filho", "seu filho", mas os chutes furiosos o impediram. Em seu ventre, seu filho se mexia, se defendia. De repente o silêncio. Rómulo se deteve por um instante e sumiu.

21

Silêncio e mais silêncio. Rompe-se o silêncio: Serafina arranha a parede para tentar se levantar. Escutam-se sua respiração ofegante e o borbulhar de seus lamentos.

22

Começou a correr e suas pernas avançaram cada vez mais velozes, mais livres. Tinha quebrado a corrente. Já não há mais inimigo, nem nada que o asfixie.

23

Passaram-se duas horas e Marisa, deitada na cama, escuta Serafina entrar em casa. Escuta quando ela caminha com passos sossegados pelo seu quarto, sem acender a luz. Marisa enrola-se nas cobertas e pensa: "que mulher mais estranha".

24

É um mundo vermelho, líquido, que arde, que queima, é um mar de vermelho e o peso escorrega, escorrega pelo vermelho. Sai o peso, some o peso, vai filho, vai. Está escuro, vermelho escuro. Noite escura de vermelho escuro. Desliza entre as pernas e arde e queima e vai e arde e queima e Rômulo, vem, meu amor, vem, aqui, seu filho, meu filho, arde, queima, não me queime meu filho, não, 195 dias, seu filho...

25

Marisa desce até a cozinha para tomar café. É domingo, dia de descanso de Serafina, mas ela ainda não saiu do quarto. "Que mulher mais estranha", volta a pensar. O tempo passa e a pequena mulher continua sem sair de seu quarto. Marisa aparece no quintal e a chama aos gritos. Ela não responde. Vai até o quarto dela. Bate na porta. Ela não responde. Marisa abre a porta e encontra a mulher sentada na cama, com as pernas abertas e cheias de sangue.

— O que houve com você? — grita Marisa.

26

Fuma tranquilo. Devagar. A mulher junta o corpo nu ao dele. Suam. Está calor. Rómulo respira fundo. Não há mais armadilhas. A corrente arrebentou. A ameaça foi esconjurada. O inimigo, derrotado. É o fim da carne perseguidora. A mulher que agora o beija nem mesmo sabe o seu nome, nem de onde ele é, nem quem é — e ele não o dirá nunca. Não há mais armadilhas e, mesmo que haja, ele sabe bem como evitá-las.

27

Serafina parece não escutar.

— O que houve com você? — repete Marisa.

Serafina se vira para ela.

— Nada — responde.

— Como assim, nada? E isto? — pergunta Marisa, apontando para a cama tingida de vermelho.

— Você está se sentindo bem? — pergunta Marisa, hesitante.

— Sim...

— Vou falar com o doutor Del Río.

— Não, por favor.

— Você está muito mal.

— Já estou me sentindo melhor.

— Vou chamá-lo mesmo que você não queira.

— Por favor, não.

O "por favor" é em tom de súplica. Marisa observa a mulher. Não sabe o que fazer.

— Como você caiu?

— Nem percebi.

A respiração de Serafina se agita. Marisa a contempla, atônita.

— E o bebê?

A mulher fica imóvel um instante. Depois de alguns segundos, se agacha e pega debaixo da cama um pequeno embrulho feito com jornal. Mostra para Marisa. Uma náusea solidária, maternal, lhe amarga a garganta.

— Está vivo? — pergunta Marisa.

Serafina meneia lentamente a cabeça e começa a chorar.

28

A carne derrotada antes da luz. O sangue que vence o sangue. Nada mais de armadilhas. Nada mais.

29

Marisa apanha o pequeno embrulho e o deposita sobre a cama. Serafina a observa, indefesa. Aos poucos, Marisa separa as dobras de papel. Os olhos irrequietos de Serafina vigiam a ação. Marisa abre por completo o embrulho e revela o pequeno ser, avermelhado, arroxeado. Serafina faz carinho na cabeça dele.

30

Ia ser uma menina. Marisa e Serafina limparam com algodões o corpo inerte, cobriram-no com um lençol branco e procuraram um lugar para enterrá-lo. Cavaram com a mão uma cova no jardim e ali o depositaram. Em seguida, puseram-se a tapá-lo bem, para disfarçar a sepultura.

Na mesma tarde, Serafina desapareceu.

31

195 dias.

Em paz

Para Carlos e Angélica

Maria detém seu corpo de sereia ambulante que parece vir do mar, do calor, da praia, das palmeiras, do sol que queima sua cara agora que está parada no meio da rua desse Retorno 201 no qual vivemos ela e eu, e me pergunta: "você por acaso viu o Juan?" e eu não respondo porque eu não vi o Juan nem quero ver, muito menos gostaria que você o visse porque você ama esse cara e eu amo você, Maria, e eu não me lembro quando comecei a te amar mas sim, lembro dessas mulheres que entravam em casa quando mamãe não estava lá, mas em Monterrey cuidando de minha avó e essas mulheres conversavam com papai e papai me dizia: esta é sua tia Ivette, esta é sua tia Rebeca e esta é sua tia Margarida e esta é sua tia Remedios e eu tinha muitas tias e meu pai me dizia: "não diga à sua mãe que suas tias vieram visitar a gente, porque ela não se dá com elas e nem você nem eu queremos que sua mãe fique brava, não é?"; e eu, que gostava mais do meu pai do que da minha mãe, não dizia nada para minha mãe como eu agora não digo a você onde está esse pilantra enrolador que te deixa louca, como você me deixa louco e você não percebe não detecta não observa não reconhece não nota nem descobre esse amor selvagem que tenho por seus olhos seu nariz sua boca seu pescoço seus seios seus braços suas pernas sua bunda seus joelhos seus pés e o dedo mindinho da mão esquerda da mesma mão que fraturei quando quis parar a bicicleta do carteiro barbudo que ia atropelar o cachorrinho de rua que eu adotara dando leite e biscoitos de bichinhos, bichinhos que meu pai me levava para ver no zoológico e me dizia: aquilo ali é uma girafa um leão um hipopótamo um tigre um veado uma lontra e eu via os animais e andava com meu pai e meu pai trabalhava de oito às três e eu o esperava para comer e brincávamos juntos até as sete e tocava a campainha e chegava em casa uma das minhas tias e meu cachorro mordeu o vizinho que morava do lado da sua casa, Maria, a casa de que tenho saudades nos meus sonhos, ilusões, quimeras e desvarios e que é tão longe tão longe dessa minha casa cheia de ausência de mãe e repleta de tias e mais tias.

Maria parada no meio do Retorno com o sol queimando seu rosto insiste: "Viu ou não viu o Juan?" e a história é: ela gosta do Juan e eu gosto dela, de mim gosta a Elena e da Elena quem gosta é o Pedro e Pedro gosta da Letícia e da Letícia quem gosta é o Juan; e eu digo pra você, Maria: "sim, eu sei onde está o Juan, ele foi ver a Letícia"... *ele* gosta dela e *eu* (eu) gosto de *você* e *você*, sua idiota, não se dá conta e tem a ousadia de dizer para mim: "eu confio em você, Miguel, somos amigos e vou te confessar meu maior segredo... eu gosto do Juan" e eu, cachorra vagabunda, vaporística, inalcançabilíssima, não confio em você e por isso não vou dizer que te amo, assim como nunca consegui contar à minha mãe sobre todas as visitas que em forma de tia apareciam em nosso sólido-esquálido-ribombante lar, nem lhe direi, mãe, mulher vagabunda, vaporosa e inalcançável que minhas tias dormiam no seu quarto e de papai e que no mesmo leito matrimonial no qual seu hímen foi rompido papai beijava todas as minhas tias, beijava seus olhos o nariz a boca o pescoço as orelhas os seios a bunda os braços as pernas os joelhos os seus pés o dedo mindinho da mão esquerda a mesma mão que ele levou ao peito quando teve um infarto, quando seu miocárdio musculoso se partiu em dois e então ele gritou sem dizer nada e de sua boca escorreu-se a baba pastosa, meio seca, da morte que o levou depressa e nos deixou ele de olhos abertos, me observando com meus dois mil seiscentos e seis dias de idade e uma de minhas tias, não me lembro qual, que, nua, semibeijada, semiacariciada gritava ao vê-lo e eu gritava também e meu pai-cadáver gritava mais ainda, ainda fedido a genitália de mulher, a suor de fêmea ansiosa, o mesmo suor que tem Maria e que quero impregnado em mim, bem lá dentro, no meu bulbo raquiano, nos meus ductos seminais, no meu hipotálamo, na minha glote, na minha língua atiçada de ti, Maria, que te quer em minha alma meu corpo meu olhar minha lembrança, nessa lembrança que temos construído desde crianças quando brincávamos juntos com seu irmão e seu primo e nos escondíamos e nos procurávamos e você: "um dois três e já" e você sempre sempre ganhava todos os jogos e agora ganha de novo porque me vence porque não posso derrotar seu amor por Juan, porque não consigo que você se esfregue no meu sentimento puro, nobre, delicado, animal e não consigo derrotar você, mãe, simplesmente não consigo.

No meio da rua você e eu Maria e chega Elena com seu corpo de deusa afrodisíaca e olha pra você Maria e olha pra mim e você, Maria, lhe dá uma piscadela como se dissesse não vou ficar aqui segurando vela e vai embora, me deixa com Elena, a que me ama e eu não amo, porque eu amo você Maria e não sei por que se ela é mais bonita, mais gostosa, tem um sorriso mais lindo, melhor personalidade e não tem celulites nem varizes pequeninas nem os pés enrugados como você, como os do meu pai bem na minha frente, estatelado no leito matrimonial com minha tia semivestida que dizia: "Não tive nada a ver com isso, nada a ver com isso, nada de nada" e ela abotoava a blusa tremendo, chorando e meu pai de cuecas sem pudores, sem malícia, sem temor e minha tia: "estou indo, estou indo, não tive nada a ver com isso" e ela foi embora e era de noite e eu fiquei sozinho com meu pai-cadáver e eu fazia carinho nele e sentia como o corpo dele de quente ficou morno e de morno ficou gelado, gelado de congelar a ponta dos dedos e fiquei com ele por toda a noite na sua nudez de gozo, quaseorgásmica, com seus olhos abertos, com seu cabelo desgrenhado, ralo, ralo, e com a planta dos pés enrugadas, Maria: Elena é melhor que você, sabia? Sabia? Sabia? Mas é você que eu amo, desgraçada, com estes dezessete anos que levo nos ombros e você, pai, vou te amar sempre, com todos os anos que eu chegar a ter em minha vida, minha vida, meu amor, minha querida, minha Maria preciosa, não vá embora, não me deixe sozinho com Elena e eu sei que Elena me quer, que me ama com um amor bonito e tranquilo, mas não, eu te amo Maria e Elena me pergunta se quero ir com ela ao cinema da Viga e eu digo: "ao cinema da Viga?" mas esse não é um cinema vagabundo onde às vezes tem ratos e pulgas e chatos e piolhos e solitárias e ácaros e amebas e micróbios e bactérias que podem infectar a gente de sífilis câncer tifoide mal de Parkinson diarreia calvície prematura como a que tinha meu pai desde jovem, desde quando se casou e assim está nas fotos de seu casamento: carequinha, arrumadinho, de fraque e tudo o mais, todo arrumadinho em seu caixão, onde lhe jogam pás de terra para cessar esse seu cheiro insuportável de cópula que começa a se descompor e a invadir a atmosfera e seus amigos me consolam e me fazem mimos e sua mãe? Nem me consola nem me faz mimo. Onde está minha mãe? Está em Monterrey cuidando da sua avó, cuidando da velha alcoólatra com seu fígado cirrótico ou era o dela o fígado castigado carcomido pela amargura, pelo desejo de manejar, dominar, manipular, controlar, destruir e de todos os "ar" e "ir" que herdou minha mãe? Avó bêbada de merda, maldita devoradora de vidas, anêmona escatológica, herança genética transformada em dor e sua mãe que não volta e não volta e manda uma carta que diz: "filhinho querido (e que só faltava assinar com um 'filhinho da puta') sua vovozinha está muito frágil e não tem como ir ao México para o enterro de seu pai, abandonar a minha mãe pode custar-lhe a vida" e eu, querida mamãezinha, custou a minha vida, e a carta continuava: "sua tia Soledad vai cuidar de você" e tias vão e tias vêm e sim, é Miguel, me disse Elena, é um filme que fala sobre a vida de Miguel Ángel e acho que é com Charlton Heston e depois passam o daquela atriz tão famosa, lembra como ela se chama? Não me lembro nem dos nomes das minhas tias e você quer que eu me lembre da atriz não sei o quê, que por sinal se chama Elizabeth Taylor, vamos logo. Então não sabia, Miguel?

E Elena e eu fomos ao cinema da Viga e vimos uma sequência de filmes de Heston, Taylor e ainda um de Lando Buzzanca e Elena pensando em mim e eu em Maria e Maria em Juan e Juan em Letícia e Letícia em Pedro e eu pensando em meu pai, velho comedor encantador, simpático. Como eu gostava de você, papai. E terminava o programa e a volta para casa do cinema e minha mãe, luto rigoroso (faz quase três meses que o fígado da vovó decidiu se tornar um carrasco razoável, talvez tarde demais) me olha, me olha, com esse olhar negro que emana de seus vestidos negros e me diz: "Você aí se divertindo com seus amigos e eu aqui sozinha com meu sofrimento, com a tristeza de tudo que vem acontecendo com sua avó" e me agarra pelos pulsos com raiva, cravando-me suas unhas longas e negras na minha pele que arde e grita: “nunca mais volte a fazer isso comigo” e eu quando consigo gritar com você, aeromoça dos desatinos, que não deveria ter nascido e que eu devo ter nascido das minhas tias, não de você, sua cadela, e nossos olhares se cruzam e dançam o ritual dos ódios, da dor paralisante do estrangeiro nas proximidades e que é o que mais se odeia e então ela diz pra mim: “você está podre, Miguel, podre” / podre / minha mãe. Podre desde que a terra esconde o meu pai e / podre vou para o meu quarto arrastando meu corpo esburacado e meu choro de toda uma noite-vida.

Por que tanta tristeza? Maria me pergunta no dia seguinte e quando vou lhe responder ela sorri e me pergunta: “Por acaso você viu o Juan?” Não, não o vi, Maria, mas você pode ver que preciso de você mais do que nunca. Para quê, menino? Preciso de você, Maria, não percebe? Não nota a água que corre por dentro dos meus olhos? Não percebe? E ela de novo: “Viu ou não viu o Juan?” e não mil vezes não, não o vi. Maria, você não percebe como fico descompassado? Papai, eu fico descompassado, me faço de bobo e Maria com seu corpo de sereia ondulante me diz: “Hoje você está muito grosso, Miguel” e sai e não vá embora, Maria, me deixe em paz, por favor... Por que está chorando? Está louco ou andou bebendo... seu ridículo... estou podre, mamãe. “Para onde vou fugir?” “Para onde?” e saio correndo pela rua e corro e corro e dou voltas e mais voltas e Elena me observa de uma janela de sua casa e sai para a rua e me para e me encara e eu fico descompassado mas ela me olha e não diz nada, somente me encara e eu vou explodir e Elena me olha e fala: “vem, vamos até a minha casa, estou jantando sozinha” pais? No teatro e meus irmãos já estão dormindo e entro na sua casa e choro e ela me abraça e me diz não chore e eu me deposito nela como água em uma garrafa e sinto seu hálito, seu fôlego, subindo pela minha nuca em forma de beijo e aqui te esqueço Maria, já não te amo mais, Maria, está longe, Maria, mãe, já não é mais minha, Maria, já não preciso mais de você, mãe, e te descubro hoje, Elena, e ela me leva até a cozinha e me serve um copo com leite e me faz um carinho e me beija e chora comigo, pai: chora comigo e ela me diz: vem e subimos a escada e entramos no seu quarto e Elena fecha o mundo e me deita na sua cama, na sua doçura, em seu corpo perfeito, no seu sorriso diferente, na sua nudez às escuras, no seu amor e ouvimos barulhos de carro e de portas de carro e as vozes da mãe e do pai de Elena e eu me assusto e digo: "vou embora, vou embora" e ela me aprisiona com seus tentáculos suaves e fala: "Shhhh, não vá meu amor"... *meu amor*... MEU AMOR... a noite... Elena... os beijos... Elena... eu dentro de Elena, dentro muito dentro e Elena e eu abraçados, apertadinhos, espremidos e minha pele cheira a genitália de mulher, a suor de fêmea ansiosa e minha pele cheira a amor de verdade... pai... eu a amo... amo você, amo muito você...

Já não escutamos mais barulhos na casa. Está escuro e na cama de Elena repetimos de vez em quando o jogo eterno do masculino-feminino. Elena sorri e me beija na testa e eu sorrio e lhe dou um beijo no queixo e ela dorme num sono que a tudo adormece e eu choro baixinho por conta dessa imensa tristeza que nos provoca a alegria e hoje à noite estamos em paz... todos... em paz.

Este livro foi composto na tipologia BrowalliaUPC, em corpo 13,5/15,3,
e impresso pela Gráfica Edelbra, em papel offset 75g.
no segundo semestre de 2010.